茉莉花官吏伝 十

中原の鹿を逐わず

石田リンネ

ビーズログ文庫

イラスト／Ｉｚｕｍｉ

目次

珀陽
白楼国の若き有能な皇帝。

皓 茉莉花
「物覚えがいい」という特技を持つ。

仁耀
珀陽の叔父。かつて珀陽の命を狙った罪で、牢に入れられている。

茉莉花官吏伝 十
—— 中原の鹿を逐わず

登場人物紹介

芳子星（ほうしせい）

珀陽の側近で文官。科挙試験で主席となる状元合格をした天才。

黎天河（れいてんが）

珀陽の側近で武官。名家の武人一族の出身。

鉦春雪（しょうしゅんせつ）

茉莉花と同期の新米文官。毒舌だが、世話焼き体質。

封大虎（ふうたいこ）

御史台に所属する珀陽の異母弟。本名は冬虎。

苑翔景（えんしょうけい）

御史台の文官。真面目な堅物で茉莉花の良き好敵手。

暁月（あかつき）

赤奏国の皇帝。珀陽に頭が上がらない。

序章

かつて大陸の東側に、天庚国という大きな国があった。

あるとき、天庚国は大陸内の覇権争いという渦に呑みこまれ、四つに分裂する形で消滅した。

この四つに分裂した国のうち、北に位置するのが黒槐国、東に位置するのが采青国、西に位置するのが白楼国、南に位置するのが赤奏国である。

四カ国は、ときに争い、ときに同盟を結び、未だ落ち着くことはなかった。

白楼国には、皓茉莉花という若き女性文官がいる。

彼女は元々、田舎に住む商人の娘だ。貧乏な家に生まれたので、裕福な家に行儀見習いとして行き、そのまま下働きになる予定だった。

しかし、そこで出会った行儀作法の教師に「宮女試験を受けてみないか」と言われてから、茉莉花の運命は大きく変わる。

後宮の下働きである宮女は、高い給金をもらえる安定した職業で、平民の女性にとって憧れの仕事だ。

この宮女試験に合格して運よく宮女になれた茉莉花は、一生分の幸運を使い果たしたと思っていた。しかし、これは皓茉莉花の立身出世物語の一行目の出来事でしかなかったのだ。

そして、二行目以降にも続々と茉莉花の功績が書かれていく。

宮女として手柄を立てたあと、女官長に気に入られて官位ある女官になるというとんでもない出世をした。

城下町で皇帝『珀陽』と出逢い、文官登用試験である科挙試験の受験を勧められ、初の平民出身の女性文官になった。

文官の新人研修のときに、赤奏国の皇帝の世話役の補佐という難しい仕事を与えられ、見事にやり遂げた。

赤奏国へ出向して宰相補佐になり、赤奏国の内乱を戦わずに終わらせた。

湖州の州牧補佐になったとき、シル・キタン国による白楼国侵攻計画をいち早く察知し、シル・キタン国との戦争で大勝利を収めることに大きく貢献した。

茉莉花の湖州での活躍は特に高く評価され、皇帝のみが身につけられる特別な色——……『禁色』と呼ばれる紫色を使った小物を与えられることになった。

禁色の小物をもつ官吏は、皇帝によって出世を約束されたようなものだ。茉莉花は禁色の小物をもつ文官になったことで、ほんの少しできることが増えた。そして、そのできることを生かして、白楼国と南方の叉羅国の同盟成立を実現させたのだ。

叉羅国との同盟には、大きな意味がある。叉羅国と白楼国にはさまれているムラッカ国の現国王は好戦的で、ムラッカ国は常に白楼国の領土を狙っていた。叉羅国と同盟を結んだことによって、このムラッカ国を牽制できるようになるのだ。

禁色の小物をもつ文官として立派な功績を残しつつある茉莉花は、今の白楼国の状況を喜んでいた。

同盟国の赤奏国が落ち着いてきた。

シル・キタン国との戦争に勝利して、多くの賠償金を得た。

ムラッカ国との戦争もそう簡単には起こらなくなる。

白楼国は国内の問題へ集中できるようになり、国がさらに発展する……と思っていたのに、だからこその新たな問題が発生した。

「侵略戦争の好機……」

茉莉花は、下宿先の自分の部屋で茶と菓子を卓に並べる。

ほっとするひとときのはずなのに、心はざわついていた。

「白楼国から戦争をしかけるなんて、考えたこともなかった」

同盟国がいて、戦争をする資金もある。戦争で領土を増やせる絶好の機会が訪れているということに、指摘されるまで気づかなかった。

「白楼国の政の世界は、三つに分かれている」

茉莉花は月餅を手に取り、三つに割る。

政の中心にいるのは、皇太子の実母である淑太上皇后の生家、淑家を中心とした『皇后派』だ。

勿論、皇后派と対立する『反皇后派』もいるのだが、皇后派と張り合えるほどの勢力はない。

そして、皇后派にも反皇后派にも属せない平民出身の官吏たちは『中立派』である。

茉莉花は中立派の官吏だけれど、皇太子の教育係という仕事を与えられているので、周囲からは親皇后派という扱いをされていた。

「侵略戦争をするかしないかで、皇后派が二つに分かれた」

茉莉花は月餅の欠片を一つ手に取り、さらに二つに割る。

領土を拡大すべきだと意気ごむ主戦論派と、そんなことをする必要はないと反対する非戦論派。

——戦争をするのか、しないのか。

茉莉花は月餅の欠片をくちに入れる。

くちの中でほろりと溶けていく餡の甘さに、いつもなら幸せを感じるのだけれど、今日はなんだか味気なく感じてしまった。

「どうしてこうなったんだろう……」

茉莉花は、白楼国を平和にしたくてがんばったのであって、戦争をしたくてがんばったわけではない。

(戦争をすることが国のためになると言われたら、どう答えたらいいのかわからない。それでもわたしは、未熟なりに考え続けないと)

今は答えが出せなくても、いつかは出さなければならない。

意識していなかったとはいえ、自分は今の状況をつくったきっかけの一つである。

「陛下はどうなさるつもりなのかしら」

珀陽は今、色々な情報を集めて、どうするかを考えている最中だろう。

「きっとしばらくはとても忙しいわよね」

二人きりで会うことも、当分できないはずだ。

仕事を評価されて珀陽に褒められることは、勿論嬉しい。けれども、茉莉花にとっての一番のご褒美は、珀陽とほんの少しだけ一人の人間として語り合える時間なのだと、ここにきてようやく気づいてしまった。

第一章

白楼国の若き皇帝『珀陽』は、先の皇帝の皇子として生まれた。

珀陽は見目麗しいだけでなく、様々な才能をもつ子どもであった。しかし、母親を早くに亡くしたこともあって、皇太子にはなれなかった。

そのことへの不満があったのだろう。珀陽は必要以上に才能を磨き、臣下としての頂点を目指すために科挙試験と武科挙試験に合格してみせた。

けれどもその直後――……父である皇帝が急死した。

珀陽の異母弟である皇太子は、このときまだ三歳。白楼国は幼い皇太子をお飾りの皇帝にすることもできたが、先の皇帝が幼くして即位した際に同盟国である隣国が突然攻めこんでくるという苦い歴史を思い出してしまった。

また同じことになるのではないかという心配から、周辺国を牽制できそうな有能に見える皇帝をとりあえず立てることにした。そこでようやく科挙試験にも武科挙試験にも合格した珀陽の名前が出てきたのだ。

「皇帝になるのを諦めて科挙試験と武科挙試験を受けたのに、それが皇帝になるための必要条件だったなんてね」

白虎神獣は意地が悪い、と珀陽は呟く。

白楼国は豊かな国だ。ここしばらく、戦争や内乱とは無縁で、大きな飢饉もなかった。自分が皇帝になってからは、さらに力をつけていて、他の国は白楼国をうらやましがっているぐらいだ。

「でもねぇ、白虎神獣は意地が悪いから、私に新しい試練を与えてくださった。豊かな国は豊かな国なりの悩みを抱えなければならない……か」

——戦争をするか、しないか。

月長城内はその話題で盛り上がっていて、皇后派が二つに分かれている。

「淑太上皇后は、期間限定という条件をつけて私を皇帝に推した人だ。私の後見人のようなものだけれど、私を最も警戒している人物でもある」

淑太上皇后としては、『皇太子が大きくなったら譲位する』という約束を珀陽が守り、皇太子の教育をしっかりしてくれたらそれでいいのだ。

(でもね、申し訳ないけれど、私はとんでもなく優秀なんだ。稀代の名君という扱いをされるようになるのは間違いない。……そうなれば、早めの譲位が難しくなる)

淑太上皇后は、珀陽自身が約束を守ろうとしても、周囲が珀陽を引き止めにかかるのではないかという可能性にようやく気づき始めた。

彼女は珀陽を立派な皇帝にするわけにはいかない。そう、侵略戦争で大勝利するという未来は絶対に避けたいのだ。

「陛下、失礼します」

芳子星の声が聞こえた直後、皇帝の執務室の扉が開く。

こんな風に取り次ぎを頼まないまま皇帝の執務室へ入ってくるのは、禁色を使った小物をもつ官吏の一人である子星だけだ。

子星と同じく禁色を使った小物をもつ茉莉花にも黎天河にも「勝手に入っていいよ」と言ってあるけれど、二人はいちいち扉の前の兵士や従者に声をかけていた。

（茉莉花は嘘をつけるけれど、天河はつけないんだよね。天河も茉莉花みたいにあたりさわりのない嘘をついて入ってきてくれるようになったら、雑談と密談の区別をつけにくくできるのになぁ）

珀陽はまだ十八年しか生きていないことを棚に上げ、天河には人生経験がもっと必要だと心の中で呟く。

「お疲れさま、子星。なにかあった？」

天河のことは一旦置き、珀陽はとりあえず眼の前の子星に向き合った。

「茉莉花さんが帰ってきたことで、ますます議論が活発になりました。主戦論派と非戦論派は拮抗していると思っていましたけれど、どうやら主戦論派が優勢のようですね」

子星には、官吏たちの意見を集めてほしいと頼んである。

戦争をしようと考えるきっかけになった茉莉花が帰国したことで、茉莉花はどちら派なのかと子星に聞きにくる者が増えたのだろう。そして、子星は「あなたはどちら派なんですか？」と上手く聞き返しているのだ。

　子星と茉莉花の関係は、科挙試験のための家庭教師と生徒というだけで、血の繋がりはない。しかし、子星が茉莉花の科挙試験の推薦人になったので、なにかしらの血縁関係があるのだろうと皆には思われている。

「攻め入る国についてはなにか言っていた？」

「人気があるのは黒槐国です。向こうに余裕がないので絶対に勝てるという理由ですよ」

「黒槐国か。賠償金を渋られると面倒だ。金持ちな国がいいな」

　珀陽は、金持ちなのに弱いという国なんてないとわかっていても、つい理想を言ってしまった。

「それと、やはり淑太上皇后陛下に近い人間ほどくちが固くなりますね」

　気軽に意見交換する下級官吏たちは、おそらく国のためにどうすべきかを真剣に考えているのだろう。反対に……。

「上の者たちは慎重になるだろう。淑太上皇后と淑宰相の意見が割れているんだから。淑太上皇后は皇后派の中心人物だ。しかし、彼女が一番上というわけではない。結局は彼女の父親である淑宰相に従うしかないからね」

珀陽は淑太上皇后に同情しながら、自分も同じだと心の中で呟く。

皇帝と淑宰相のどちらに従うかという話になったら、相当な根回しをしておいても勝てるかどうか怪しい。

「この騒動の決着は『戦争をする。ただし、遠征軍の責任者を皇太子にする』だろう」

珀陽の言葉に、子星も「そうですね」と同意してくれた。

国の利益に繋がる戦争をしようという意見が多くなってきた今、珀陽の手柄になるとわかっていても、淑宰相も淑太上皇后もそれを受け入れるしかない。

淑宰相は珀陽と皇太子の二人の功績という形で妥協するだろうけれど、皇太子の母親の淑太上皇后は息子に危険なことをさせたくないという理由で渋るはずだ。

「淑宰相と淑太上皇后には派手な親子喧嘩をしてもらう。潰し合ってくれたら最高だ」

どちらにも味方だよという顔をして、足のひっぱり合いをさせる。

戦争をしなければならないという嬉しくない展開になったのだから、珀陽としてはせめてそれを利用して今後の展開を楽にしておきたかった。

「何度も教えていますけれど、人の心というものは簡単に揺れ動きますよ。思い通りにできませんからね」

呆れた顔をする子星に、珀陽はまあまあと笑う。

そうは言っても、実のところ、子星の一番弟子のような立場の茉莉花は、人の心の嫌な部分を利用させると誰よりも上手い。けれど、茉莉花はやりたがらない。善良な感覚をもっている人だからだ。

（その茉莉花が主戦論派と非戦論派のどちらにつくのかを、皆が息を潜めて見ている）

だったら、それも利用すべきだ。

「そうだな。茉莉花には休暇をあげよう。淑太上皇后は茉莉花をつかまえて『戦争をしたくありません』と言わせたくてしかたないだろうから、茉莉花が休暇でちっとも姿を見せなかったらいらいらするだろうね」

親子喧嘩の元は、いくらあってもいい。

人の心なんてどうなるのかわからないものだから、それを利用する策はつくれるだけつくるべきだ。

「追い詰められた人間は予想外の行動に出るのでほどほどに……、いいえ、追い詰められなくても予想外はあるので気をつけてくださいね」

「子星にも予想外なんてあるの？」

「あります。上司から頂いた高級なお菓子を自分の引き出しに入れておいたら、勝手に食べられていたことがあったんです。『すぐに食べなかったから、嫌いなのかと思った』と言われるなんて、予想外でしたよ。それ以来、職場にお菓子を置かないようにしています」

子星の予想外があまりにもささやかだったので、珀陽は笑ってしまった。

「人の心は難しいものなんですよ。そこに唯一で完璧な正答なんてありません」

唯一で完璧な正答をいつだって気軽に出してくる子星の言葉に、珀陽はなにを言っているんだと表情で文句をつける。

珀陽の不満そうな顔を見た子星は、穏やかに笑った。

「正答がないからこそ、そこに美しさを感じたり、夢を見たりできるのでしょう」

「そう？　唯一で完璧な正答、私は好きだけれどね」

「おや、才能ある若者に夢を見るという行為は、唯一で完璧な正答ではありませんよ」

子星に茉莉花や天河のことをもち出され、珀陽は言葉に詰まってしまう。

言われてみれば、唯一で完璧な正答を好むといいつつも、定まらないものに期待するときもたしかにあった。

「唯一で完璧な正答がわかれば、わからないものを好ましく思う。反対に、唯一で完璧な正答がわからないときは、唯一で完璧なものを好む。つまり、これはないものねだりなんです」

「……なら、私は両方好きってことにする」

「いい答えです」

珀陽は、降参することを選ぶ。子星とやり合っても絶対に勝てない。

（結局、子星の『唯一で完璧な正答』に誘導されている気がするんだよね）

それってずるくないかと、恨めしそうに子星を見てしまった。

子星はそんな珀陽を気にすることなく、部屋から出ていこうとする。

「茉莉花さんの休暇の件は、私から礼部尚書の耳へ入れておきます。それでは」

茉莉花には遠方に行ってもらってばかりだったというわかりやすい理由があるので、この休暇の話はすぐに決定するはずだ。彼女にとってもちょうどいい休みになるだろう。

「……茉莉花の休暇中に、一度ぐらいは会いに行けるかな」

月長城内は、戦争をするしないで騒がしいけれど、騒がしいだけだ。

夜に時間をつくるぐらいはできそうだし、色々な話を聞かせてほしいという約束をようやく果たせるかもしれない。

茉莉花は、上司の礼部尚書から「まとめて休暇を取るといい」と言われた。

少し前に異国の客人の通訳をしていたことがあったのだが、そのときに潰れてしまった休日をきちんと拾い上げてくれたらしい。

「明日から休暇……」

月長城からの帰り道、茉莉花は急な予定変更に戸惑っていた。

そういえば、科挙試験に合格してから今日までの間、ずっと忙しかった。休日というものを楽しんだことがほとんどない。

「なにをしようかな」

ここ最近は娯楽小説を読んでいなかったとか、目的はないけれど店を見て回りたいだとか、新しい季節の菓子を食べてみたいだとか、休日の過ごし方というものをぼんやり思い浮かべてみる。

（こういうとき、自分がつまらない人間だと実感するわ）

この休暇は、無理にでも充実させた方がいい。

でなければ、戦争をするかしないかの問題ばかりを考えることになる。

考えなければならないことだけれど、今はまだこの難しい問題の答えを出せるような文官ではないこともたしかだ。

「寄り道して帰ろうかな」

買い替えたいわけではないけれど、筆や墨、紙を見に行くことにした。

花模様が可愛らしい筆や、鳥が彫られている墨、色とりどりの薄い綺麗な紙を店で眺めてみる。けれども、何度もため息が出そうになった。

自分の眼はたしかに楽しんでいる。しかし、わくわくする気持ちがどうしても生まれてこないのだ。

(仕事をしていた方がよかったのかもしれない)

明日からどうしようというじわりとした不安が、茉莉花の心を重くさせていく。

「ただいま帰りました」

妙に疲れたと思いながら下宿先の扉を開ければ、大家さんがいて「おかえり」と声をかけてくれた。

「茉莉花さん宛の手紙を届けにきた人がいたよ。はい、これ」

「ありがとうございます」

茉莉花は誰からだろうかと考えながら受け取る。そのとき、滑らかで上等な紙の質感に覚えがあって驚いた。

(これは……!)

急いで二階の自分の部屋に戻り、扉を閉めて鍵をかける。

そっと手紙を開くと、やはり知っている字が現れた。

「……陛下からの手紙だ」

緊急の用だろうかと緊張していると、最初に「これはただのお礼状」と記されている。

こちらの思考を完璧に見通している珀陽(はくよう)に、思わず笑ってしまった。

——叉羅国(サーラこく)のお土産(みやげ)、ありがとう。

誰かにこの手紙を見られても問題がないように、珀陽は『皇帝からお気に入りの官史への気さくな礼状』という文章にわざとしているようだ。

──金剛石(こんごうせき)には、魔除けの力があると聞いた。

少し前、茉莉花が改めて叉羅国へ行くことになったとき、珀陽からお守り代わりの帯飾りを渡された。それは珀陽の私物だったので、帰国したら返すつもりだった。

しかし、叉羅国で知り合った女性から帯飾りについての助言をもらい、茉莉花は珀陽に帯飾りを返すのではなく、『自分の帯飾り』を渡すことにしたのだ。

渡した帯飾りには、叉羅国で買った小さな金剛石をつけておいた。これはお守りで土産なのだと言い張るためである。

──このお守りは、これからの私をずっと助けてくれるだろう。

珀陽からの手紙には、茉莉花にしかわからないようなことが書かれている。

そこからわずかな甘さを読み取ってしまい、胸がぎゅっと締めつけられた。

(これはただの文字なのに……)

ただの文字にこめられた珀陽の想いが、茉莉花の心に染みこんでいく。

(珀陽さまは、わたしの気持ちがこめられた帯飾りがあることで、不安になってもこの先にある幸せな未来を信じて歩いていけると言ってくれた)

わたしも、と茉莉花は呟いた。そして手紙をそっと胸に抱く。

――わたしたちは、恋をしている。


珀陽との恋は、ひそやかで、ただ想い合うだけのものだ。

それだけでもこんなに幸せになれる。

心が熱くなって、瞳が潤む。

「がんばろう」

戦争をするかしないかの問題で、茉莉花の心のどこかが凍りついてしまった。

自分のしたことで戦争が起きるという事実が恐ろしくて、取り返しのつかないことをしてしまった心地がして、でも『唯一で完璧な正答』がわからなくて苦しかった。

他の人にこの悩みを打ち明けたら、贅沢な悩みだと言われることはわかっている。

だから、自分だけでどうにかしなければならないと、ひたすら堪えていた。

(……きっと、わたしは大丈夫)

胸の中にあるこの熱さが、自分を励ましてくれる。

過去も、今も、未来も、まっすぐ見ろと促してくれる。

「未来……」

この先どうなるのか、まったくわからない。

白楼国が向かうべきところも、そして自分の恋の行方も。

――だからこそ、希望を抱ける気がした。

唯一で完璧な正答が見えてしまったら、それが悲しいものだったら、その時点で立ち尽くしてしまうだろう。

「でも、早くに答えが見えたら、そうならないように努力できるはず」

自分の中に、白楼国を完璧につくることができたら。

その白楼国を、自由に動かすことができたら。

見えた未来を利用することで、悲しい答えではなく、幸せな答えを摑めるかもしれない。

百年に一人の天才と呼ばれる子星が、小さいころから何気なくやっていたというこの『遊び』を、自分もできるようになろう。

「……うん」

幸いにも、明日から休暇だ。人を好きなだけ観察できる。

首都には色々な人がいる。

商売をしている人、買い物をしにきた人、学問を教えている人、学校で学んでいる人、裕福なお屋敷で働く人、文官に武官、観光にきた人、道教院の道士……。

「今日はどんな人にしようかな」

茉莉花は、白虎神獣廟のある高台から大通りを見下ろしていた。早朝という時間だけれど、人々は活発に動いている。

「茉莉花さん、おはようございます」

朝のざわめきに耳を傾けていると、少し離れた場所から声をかけられ、茉莉花はゆっくり視線を移動させた。

「翔景さん。おはようございます」

官服をきっちり着た苑翔景が、こちらを見ている。

翔景は、名門の苑家の人間で、官吏の監査を行っている御史台で働く文官だ。彼の有能さは、誰からも認められている。

「今日は仕事前にお買い物ですか？」

苑家の屋敷は月長城近くにあるけれど、翔景は月長城に隣接している官舎にわざわざ住んでいるらしい。通路を通れば職場にそのまま行けるはずなので、ここにいるということは、城下に用があったのだろう。

「毎朝、屋台で食事をとるようにしているんです。仕事で城下を歩くことも多いので、しょっちゅう見かける顔にしておけば皆に警戒されにくくなりますから」

翔景は、調査対象の官吏のあとをつけたり、どこでなにをしているかという情報を集めたりするために、城下町によくいるようだ。

私生活でも仕事のことを考えているなんて、と感心した。

「茉莉花さんはどうしてここに？」

茉莉花は今、休暇中だ。

この休暇の裏には、戦争するかしないかの論争に茉莉花を巻きこまないように……これ以上、月長城が騒がしくならないように、という誰かの意図があるのかもしれない。

しかし、どんな意図があったとしても、茉莉花のやるべきことは変わらなかった。


「私は……──城下町をつくっていたんです」


子星が小さいころから何気なくやっていたという『遊び』。

同じことをしたくて、城下町に出て人を眺めていた。

朝と昼、昼と夕方、夕方と夜、同じ人でも顔つきが変わることに気づいた。きっと、季節によってもまた顔つきが変わるのだろう。

（城下町の完成までにかなりの時間がかかりそう）

子星は、長い時間をかけて色々な人を観察し、頭の中の国に加えてきた。

もっと早くにこの遊びを知っていたら……と、茉莉花は残念な気持ちになる。

「城下町……、ですか」

「っ、あ、ええっと！　お店や国を頭の中でつくる遊びがありまして……！」

ついうっかり、自分と子星にしかわからない言い方をしてしまったようだ。これでは自分が、城下町を修理している人になってしまう。

茉莉花が慌てていると、翔景の眼の色が変わった。

「もう城下町を手がけているのですか⁉　なんという……、素晴らしい！」

どうやら翔景は、こちらの言いたかったことを理解してくれたらしい。

茉莉花はほっとしつつ、首をかしげてしまった。

（もしかして、科挙試験を受ける人にとっては、当たり前の遊びなのかしら）

茉莉花は科挙試験を受けようと思ったことがない。四書の暗唱すらも十六歳で始めたぐらいだ。もしかすると、皆は四書の暗唱のように「こういう遊びに取り組みなさい」と小さいころから先生に言われていたのかもしれない。

（……常識の違い、か）

文官としての常識は、理解できなくても知っておくべきものだ。同じ感覚をもっているだけでも仲間意識を得られる。

（他にも……難しいけれど、育ちのよさという感覚もできる限り理解したいな）

翔景やその同僚の封大虎と話しているとき、ついていけない話題がときどき出てくる。硯を裏返して印を見て「鴻基の作だ！」と思わず声を上げてしまう二人の感覚は、鴻基がどんな人かという知識だけでは得られないものだ。

他の人にあって自分にないものを見つけるたびに、つい焦りそうになってしまうけれど、ひとつずつやるしかない。まずはこの遊びの感覚というものを、翔景から吸収しておこう。

「翔景さんはどこまで完成しているんですか？」

もしかしたら州ぐらいは、いや、国のような形がぼんやりできているのかもしれない。

茉莉花は期待のまなざしを向けたけれど、翔景は首を横に振った。

「私は月長城から始めました。自分の庭のようなものだと思っていた場所なのに、やってみるとわからないところばかりです。完成は遠いでしょう」

「翔景さんにもわからないところがあるんですか？」

「私は兵部にいたことが一度もありません。兵部の仕事内容や普段のやる気具合というものを知っているつもりでいますが、それだけです。観察だけでは理解しきれないことも多い」

兵部は、文官と禁軍の仕事の重なる部分を調整するところだ。

しかし、今のところは禁軍から報告書をもらうだけの役割しかなくて、出世の見込みのない人たちが集まって暇を潰すという場所になっている。

（わたしも禁色の小物を頂かなかったら、兵部で働くことになっていたかもしれない）

皇后派である翔景にはたしかに縁のない部署だろう。そして、このまま縁がないままでいてほしい。

（反皇后派の中の非合法活動に参加している人たちが、まだそこにいるはず。翔景さんなら、彼らの存在に気づき、すべてを暴いてしまう）

茉莉花の先輩文官だった韋玉霞は、その参謀役をしていた人だ。結局玉霞は文官を辞めることになり、非合法活動から手を引いた。

非合法活動をしている人たちは、玉霞という中心人物を失ったことで、しばらくはおとなしくするだろう。

（彼らが失ったのは、玉霞さんだけではない。もう一人いる）

──先の皇帝の弟で、珀陽の叔父の『仁耀』。彼もまた非合法活動の中心人物であった。

仁耀は、若きころに皇籍を捨てて臣下の道を選び、禁軍の将軍になった人だ。

珀陽が皇帝になると同時に、これからは若い人の時代だと言って武官を引退したけれど、その後なぜか反皇后派の非合法活動に加わり、皇帝襲撃事件を起こした。

今は月長城内にある特別な地下牢にいて、ずっとくちを閉ざしている。

「それでは、私はこれで。茉莉花さんが城下町を完成させる日を楽しみにしています」

「はい。翔景さんもがんばってくださいね」

茉莉花は翔景を見送ったあと、大通りを歩く人々を再び眺め始める。

明るい表情の人、暗い表情の人、眠そうな人、すごい顔で走っている人……。

「あれ？　茉莉花？」

道行く人の表情観察に夢中になっていると、また知っている声に呼びかけられた。茉莉花はゆっくり顔を上げる。

「春雪くん！　おはよう。こんな時間にどうしたの？」

同期の友人である新人文官の鉦春雪も、翔景と同じく官舎暮らしをしている人だ。朝、城下で顔を合わせることはこれまでになかった。

「僕は新しい筆を買いにきたんだよ。朝から店を開けているところがあるから。あんたは散歩？　休暇中なら早くから起きていないで、寝坊でもしたら？」

茉莉花は春雪の言う通り、初めはのんびりするつもりだった。しかし、やりたいことができたので、寧ろ時間が足りないぐらいである。

「わたしは今、城下町をつくっている最中で……、春雪くんはどこまでつくったの？」

翔景がやっている遊びなら、文官を目指す人は誰でもやっているはずだ。そんな認識で尋ねると、春雪がなぜか「は？」と首をかしげる。

「僕は吏部で、工部じゃないんだけれど」

茉莉花は、言葉が足りなかったことを反省し、言い直した。

「春雪くんも頭の中で街づくりをして、人を歩かせる遊びをしてきたでしょう?」

ああそれね、という返事を期待していた茉莉花に、春雪は冷たい一言を放つ。

「——なにその気持ち悪い遊び」

じゃあね、とあっさり立ち去っていく春雪を、茉莉花は呆然と見送る。

「翔景さんと春雪くん、どちらの感覚が常識なの……⁉」

文官の常識というものの難しさに、ついため息をついてしまった。


予想外の事件は、唐突に発生した。

夜、もう寝ようとしている茉莉花のところに武官の黎天河が訪ねてきて、たった今、月長城で起きた事件を教えてくれる。

「仁耀さまが脱獄した……⁉」

皇帝襲撃事件を起こした仁耀は、月長城の特別な牢にいる。

茉莉花もそこに二回だけ足を運んだことがあるけれど、面倒な手続きをしなければ牢に入る扉を開けてもらえないし、扉の前と牢の中にも見張りの武官がいたはずだ。

外に仁耀の味方がいたとしても、牢からの脱獄はかなり難しい。

「俺は茉莉花さんのところに仁耀殿がきていないかの確認をしたあと、そのまま茉莉花さんの護衛をしろと命じられました」

「ありがとうございます」

天河たちの心配は嬉しいけれど、仁耀はここにきていないし、くるとも思えない。

おそらく仁耀はまだ逃げている最中か、助け出してくれた人の手を借りて身を潜めているか、珀陽の近くで皇帝殺害の機会を窺っているかのどれかだろう。

「子星さんからは、仁耀殿になにか言い残したいことがあるのなら、茉莉花さんに託す可能性が高いと言われました。陛下は逆恨みの方を心配していましたが」

茉莉花は、地下牢にいる仁耀と取引をしたことがある。

仁耀は、兵部にいる反皇后派の若者の非合法活動を止めてくれと頼んできた。叶えてくれたら黒槐国と繋がっている人物の名を教える、と約束してくれたのだ。

茉莉花は、仁耀との取引に応じた。そして、非合法活動の要である玉霞を退職に追いこむことで、非合法活動を一時休止させたのだ。

茉莉花には、たしかに仁耀と関わりがある。しかし、緊急時に伝言を託されるほどの信頼関係なんてものはない。寧ろ珀陽の心配通り、殺しにきたという方がまだありえる。

「俺を含めて三人の武官でこの家の周りを固めます。万が一、仁耀殿が部屋に入ってきたら、大声を上げて助けを求めてください」

「わかりました」

天河に返事をしたけれど、戦争をするかしないかで盛り上がっている最中に発生した予想外の出来事に、まだついていけていない。

（——ううん、予想外ではないのかも）

この脱獄事件が、仁耀を救いたくて救ったという単純なものならいい。

けれども、ただ事件を起こしたいだけだったら？

茉莉花は寝台に入って眼を閉じたけれど、嫌な想像ばかりしてしまって、上手く眠ることができなかった。

結局、夜が明けても茉莉花のところに仁耀は現れなかった。

仁耀が茉莉花に会いたいのなら、逃げ出した直後に向かうだろうから、首都の警備がより厳しくなりつつある今は、もうそこまで心配しなくてもいいだろう。

「街中ですれ違う可能性はあります。しばらくは身の回りに気をつけてください」

茉莉花は、家の中にいてください、と言われておとなしくすることはできる。しかし、襲ってくるかもしれない元武官を具体的にどう警戒したらいいのかはわからない。天河にどうすべきかを教えてほしいと頼めば、天河はたしかにと言った。

「よければ、女性武官と行動を共にしてみませんか？　なにかあったら守ってもらえますし、どうやって警戒すべきかを実戦で学べます。茉莉花さんは今後もこういう危険があるでしょうし……」

天河の提案に、茉莉花は頷いた。

以前、珀陽に女性武官を紹介してもらい、『緊急時に逃げ出す方法』を教えてもらったことがある。そして、その知識はすぐに役立った。今回もそうなるかもしれない。

天河はすぐに動き、女性武官を紹介してくれた。

茉莉花はそのあと女性武官とずっと一緒にいて、最後は暗くなる前に下宿先まで送ってもらう。

(今日はいい経験ができた……！)

守ってもらうという形で、いつもどこでなにをしているのかさっぱりわからなかった仕事中の女性武官というものを、思う存分観察できた。これで街づくりが一歩完成に近づいたはずだ。

「武官か……。わたしには絶対に向いていない職だということが、今日でよくわかったわ」

茉莉花は自分の部屋の窓から、武官たちの詰所がある方角を見た。

武官は、息を吸うように細やかな『警戒』や『準備』をしている。

歩き方や扉の開け方、立ち上がり方の他にも色々と、常になにかあったときを考えて動いているのだ。

(見て理解できても、実際にできるかどうかはまた別の話なのよね)

意識したらそれらしくなる動作もあるだろうけれど、らしくなるだけでしかない。頭の中での再現ならできそうだが――……。

「茉莉花さん、いる？　さっき通りで手紙を渡してほしいと頼まれたの」

廊下から家主に声をかけられ、茉莉花は慌てて扉に向かう。

「ありがとうございます。……どんな方でしたか？」

茉莉花は「まさか」という気持ちを抑えつつ、扉を開けて家主から手紙を受け取った。

「若い男で、暗そうな顔をしていたねぇ」

家主の言葉にちょっとだけ安心する。

茉莉花は礼を言いつつ、手紙を見てみた。宛名も差出人も書かれていない。誰からだろうかと、急いで開いてみる。

「……翔景さんの字だわ」

たしかに『若い男で、暗そうな顔をしていた』に当てはまる人だ。

文章を読んでいけば、とある茶屋の左奥の席にきてほしいことだけが書かれていた。

「なにかあったのかしら」

ただの用事なら、ここにきて話せばいい。そうしないということは、茉莉花と接触したことを誰かに知られたくないのだ。

茉莉花は急いで下宿先を出て、自然に見えるように、そして武官がしていたようにあとをつけられていないかの確認をしたり、尾行しにくくなるような動きを入れたりして、慎重に待ち合わせ場所へ向かった。

「いらっしゃいませ。空いているお席は……」

店に入れば、店員が笑顔で話しかけてくる。ちょっと甘いものでも、という時間でもないので、客はそう入っていない。

「左奥の席に座ってもいいでしょうか」

「はい、どうぞ」

茉莉花は翔景から指定された席に着く。すぐ隣に衝立があったので「もしかして」と思っていると、衝立の向こうから声をかけられた。

「大事な話が一つ」

翔景の声だ。しかも、声の大きさはかなり抑えられていて、周りに聞かれないようにしている。茉莉花は手鏡を取り出し、髪を直しているように見せながらくちもとを隠し、小さな声で「はい」とだけ答えた。

「子星さんが、仁耀殿の脱獄の手引きをしたのではないかという疑いをもたれています」

衝立の向こう側から、とんでもない言葉が飛び出してきた。

茉莉花は驚きの声をなんとか呑みこみ、深呼吸をする。

「わたしは、子星さんがそんなことをする人だとは思えません」

——証拠は？　誰が言い出したことなんですか？

疑問の言葉よりも先に、子星を信じたいという気持ちが前面に表れた。

「子星さんは、皇帝陛下の許可を得てはいましたが、仁耀殿との面会を何度もしていました。脱獄の相談をしていたと思われたのでしょう」

「それは、くちを開かない仁耀さまから情報を引き出すためにしていたことで……！」

茉莉花の訴えに、翔景は勿論ですと言いきる。

「皇帝陛下襲撃事件の背景を知るために、子星さんは文官としてできることをしただけです。皆、それはわかっています」

翔景は子星を信じている。そのことに茉莉花はほっとした。

「脱獄の手引きをした者が、皆の視線を自分へ向けないために言い出したことでしょう。今はあまりにも手がかりが少ない。我々は『よく面会していた』という人を疑うことしかできないんです」

これから先、必ず別の手がかりが出てくる。

それまでの我慢だということを、茉莉花も理解した。

「私は、子星さんの調査の担当をすることになりました。子星さんの疑惑をすぐに晴らしてみせます」

「ありがとうございます。よろしくお願いします」

翔景なら安心して調査を任せられる。頼もしい決意表明に感謝した。

「……わたしにできることはありますか？」

ちょうど休暇中なので、翔景の雑用をするぐらいならできそうだ。

御史台の人間と礼部の文官が仲よくするわけにはいかないので、今回のようにこっそりと……になるだろうけれど、なにかしたい。

「いいえ、茉莉花さんは必ず誰かと一緒にいてください」

「誰かと……でいいんですか？」

「はい。それは……、失礼。先に出ます」

翔景は店に新たな人が入ってきたのを見て立ち上がる。

どういう意味なのかを問いたかったけれど、話はここで終わりになってしまった。

翌朝、茉莉花の下宿先まで春雪がきて、「月長城にきて」と言われる。

茉莉花は月長城に着くなり、吏部尚書と礼部尚書という政の中心人物たちにはさまれた。

「休暇中に悪いね。ちょっとした仕事をお願いしたいんだ」

礼部尚書がまず申し訳なさそうな顔で仕事の話を始め、吏部尚書がまたあとで休暇を取れるようにするからと頷く。

「わかりました。どのようなお仕事でしょうか」

「君はたしか、冬虎皇子殿下と親しくしていたね」

「……はい」

冬虎は珀陽の異母弟だ。『封大虎』という名前を使い、御史台でこっそり働いている。

茉莉花と大虎の関係は、仕事を通じて知り合った友人というのが適当だろう。しかし、この場合の『親しくしている』とは、『名前と顔を知っていて会話をする仲』という意味でしかないのはわかっているので、とりあえず肯定しておいた。

「冬虎皇子殿下は、黒槐国にいる琵琶の名手の指導を受けたいそうだ」

「はい」

「今回は個人的な話だから、非公式な訪問となる。最初は大げさな形にしないという話だったんだが、このところ隣国と色々騒がしかったというのもあって、結局は黒槐国でなにかあったときのために礼部の文官をつけることにしたんだ」

話の行き着く先がわかってしまった。大虎と共に黒槐国へ行くという仕事を与えられるのだろう。

（……大虎さんが雪の時季の黒槐国へ個人的に向かうとは思えない。これは裏で陛下が動いている）

黒槐国でしてほしい仕事が大虎にあるのだろう。そして、それを支援する役目を茉莉花に任せたいのだ。

「わかりました。冬虎皇子殿下のつきそいとして黒槐国へ向かいます」

「いやぁ、よかった、よかった。本当に助かったよ。急だけれど、明日出発だから、今から準備をしてね」

「……明日ですか⁉」

とんでもなく急な話だ。これは多分、今すぐにでも出発したいけれど、茉莉花待ちで一日出発を延ばしただけだろう。

禁色を使った小物を頂いた文官である茉莉花は、国を離れるような長期任務を与えられたら、皇帝に挨拶の一つや二つはしておかなければならない。

黒槐国行きの話は珀陽が決めたことだろうから、本当はわざわざ挨拶をする必要はないけれど、皇帝と不仲かもしれないという噂を流されたくはなかった。

茉莉花は、皇帝の執務室の入り口で見張りの兵士に声をかけ、兵士が中にいる従者に声をかけて取り次ぎを頼む……といういつものやりとりをすると、中に入れてもらえる。

珀陽の従者たちはすぐに退出していったので、どうやら茉莉花の訪問は珀陽の予定の中に入っていたらしい。

「茉莉花。申し訳ないけれど、君にはしばらく国外にいてもらう」

——休暇はどう過ごした？　ゆっくりできた？

珀陽はそんな話を飛ばし、いきなり用件をくちにした。

「わたしは冬虎皇子殿下のお仕事を手伝えばいいのでしょうか」

茉莉花が確認すると、珀陽は申し訳なさそうに笑う。

「今回の冬虎の黒槐国行きは、君を月長城から遠ざけるために決めたことだ。冬虎はこちらの事情に巻きこまれただけ」

想定外の説明に茉莉花が驚くと、珀陽は窓から外を見た。

「子星は今、仁耀の脱獄を手引きしたのではないかと疑われている。よく仁耀と面会していたからね」

絶対にありえないことでも、疑いがあるのなら調べなければならない。

それならば完全に疑いが晴れるようにと、珀陽は御史台を動かした。

「他に有力な容疑者が現れるまで、子星は見張りつきで自宅待機だ。子星はそれでいい。趣味の詩歌づくりでもして、大喜びで軟禁を満喫する。……問題は君だ」

茉莉花は、子星の話になぜ自分が出てくるのか、まだわからない。黙って珀陽の話の続きを待つ。

「君は科挙試験の推薦人である子星のために、脱獄を手伝っていた証拠を消そうとするかもしれない。禁色の小物をもつ君は、月長城内を自由に歩くことができる。今それをされるのはとても困る……ということなんだよ」

子星は『よく面会していた』という記録がはっきり残っている。

しかし、茉莉花が仁耀と面会したのは二度だけ。それに茉莉花は、仁耀の逮捕に貢献した人物でもあるのだ。

子星とは違い、疑うところがない人物に「念のために動くな」と命じるのは、さすがに色々問題があったのだろう。

「子星が疑われた時点で、君にも御史台の見張りがついていた」

「……気づきませんでした」

「気づかれたら困る。御史台が無能集団だと仕事にならない」

茉莉花は昨日、武官がやっていたような尾行をしにくくする動きや、尾行をされていないかの確認を実際にしてみた。しかし、効果はなかったらしい。

（だから翔景さんがあれだけ慎重に接触してきたのね）

武官の動きを学んでみたけれど、やっぱりほとんど活用できなさそうだ。

「陛下、目的地が黒槐国であることには、なにか理由があるのですか？」

視察という名目でどこかの国に行くことが目的なら、赤奏国か叉羅国が適している。茉莉花に縁のある人が多く、なにかあっても助けを求めやすいからだ。

「話が早くて助かる。ついでに、黒槐国に仁耀がいるかどうかを確認してきてくれ」

さらりと出てきた『ついで』の内容は、とんでもないものだった。

（ついで、……って）

これはそんな簡単にできるような任務ではないはずだ。特別な訓練を受けた間諜がやるべきことである。

「……今回の脱獄に、黒槐国が関わっているのですか？」

「可能性はある、という段階だ。仁耀と黒槐国は繋がっていたからね」

翔景は、手がかりがあまりにも少ないと言っていた。今はなんでもいいから情報を集めたい段階なのだろう。

「黒槐国にとって、茉莉花は得体の知れない女性文官だ。仁耀が勝手な行動をした原因になった人でもある。もし仁耀が黒槐国に身をよせているのなら、黒槐国は君という存在をかなり警戒するだろう」

黒槐国は、敵対しているわけではないけれど、特別親しいわけでもない国だ。

もし本当に仁耀がいるとしたら、茉莉花は黒槐国と仁耀を刺激しすぎないようにしなければならない。

「わたしは黒槐国に行って、普通に歓迎されているのか、それとも必要以上に警戒されているのか、どちらなのかを確かめるということですね」

「そこまでする必要はない。君の仕事は『黒槐国の官吏を動揺させること』だ」

「わかりました」

なるほど、と心の中で呟く。それなら自分にもできそうだ。

「もし仁耀がいると確信したら、そのことを間諜に伝え、君たちはすぐに帰ってくること。危ないから、それ以上のことはしないでくれ」

今回の黒槐国行きでやるべきことが、これではっきりした。

しかし、はっきりしたからこそ、茉莉花はとある疑問を抱く。

（……どこからどこまで陛下の思惑なのかしら）

子星が疑われて軟禁されたことは、おそらく珀陽の意図しなかったところの話だろう。

しかし、その先の……茉莉花が証拠隠滅するかもしれないとか、月長城から遠ざけた方がいいとか、その辺りの話はどうなのだろうか。

（黒槐国に最も警戒されそうなわたしをどうしても黒槐国に行かせたくて……とか）

穏やかに笑っている珀陽を見ていると、なんとなく答えが見えてくる。

——珀陽はねぇ、一石五鳥を狙って、四鳥にしかならなかったと残念がるやつなんだよ。

赤奏国の皇帝のうんざりした表情を、なぜか思い出してしまった。

 第二章

雪がちらちら舞っている。

白楼国で見た雪とは違い、細かくて軽い。簡単に吐息に負け、ふわりと飛ばされていく。

茉莉花と大虎は、白楼国の首都を出発してから北東に向かう街道を進み続け、予定通りに黒槐国へ入った。

今は黒槐国の首都の手前の街についたところだ。もう暗くなっていたので慌てて宿に駆けこみ、暖かい部屋で熱い茶を飲んでほっとしている最中である。

「なんでこんなときに琵琶を習わないといけないんだよ……。寒くて指が動かないっていうのにさぁ」

窓から雪を眺めていた大虎は、身体をぶるりと震わせた。

茉莉花は微笑みながら、上着を差し出す。

「同じことを黒槐国も考えるでしょう。『どうしてこんな雪降る時季に琵琶を習いにきたのかな』と」

心当たりがなければ不思議がるし、心当たりがあれば警戒する。

こんな時季だからこそ、『琵琶を習うというのは表向きの理由で、他に特別な理由があるかもしれない』と誤解させることができるのだ。

「明日はいよいよ黒曜城か。謁見の間が寒くありませんように」

大虎の嘆きを、茉莉花はまあまあとなだめながらも、白楼国とは違う独特の寒さにげんなりしていた。

「もう一杯、お茶を入れますね。武官の皆さんにも差し入れてきます」

今回は、皇子と世話役と護衛とつきそいの文官での訪問ということになっている。

黒槐国にはこちらを怪しんでもらわないといけないので、『世話役は途中で風邪をひいてしまい、宿で休んでいる』ということにして、いるはずの人がいない状態をあえてつくった。

「僕も手伝うよ」

「いいえ、今回の大虎さんは冬虎皇子殿下です。皇子殿下にそんなことをさせるわけにはいきません。ここは黒槐国内ですし、もう監視されているかもしれませんから、ゆっくりしていてください」

茉莉花は、黒槐国に監視されているかどうかをずっと気にしていたけれど、さっぱりわからなかった。この辺りの才能がないことは、白楼国で判明済みである。

「ならお任せするね」

「はい」

茉莉花は大虎の部屋を出て、階段に向かう。

高級な宿なので、廊下に風が吹きこむということはないけれど、それでも足下からじんわり冷えていくような気がした。

「どうして銀の杯にしなかった!? 私を殺すつもりか!?」

いい宿には金持ちが泊まりにくる。

宿の中で大声が聞こえてくることはあまりないはずだけれど、ときどきはこうして例外もあるようだ。

(被害妄想の強い人がいるみたい)

この手の人は、うっかり眼が合うだけで「言いたいことがあるなら言え!」と詰めよってくる。できれば遭遇したくない。

「申し訳ございません! この宿には銀の杯がなくて……」

「言い訳はいい! 今すぐ毒味用の銀杯を用意しろ!」

「は、はい……!」

叱る声は奥の部屋から漏れていた。

あの部屋の中にいる使用人たちは大変だろうなと同情していると、奥の部屋の扉が開いて人が出てくる。

（あっ、いけない……！）

茉莉花は慌てて廊下を曲がった。そこから様子を窺ってみると、三十歳ぐらいの男の人が肩を落として階段を降りていくところが見える。

服装からして、彼はおそらく使用人だろう。袖の辺りが濡れているので、茶か白湯をかけられたのかもしれない。

（どうやら主人は、かなり身分の高い人みたい）

使用人の衣服の袖に黒瑪瑙の飾りがついている。かなりの給金をもらっていないと、衣服にここまで金をかけようという気にはなれない。

疲れたように歩いている使用人が手にしているのは碗だ。きっともう一度茶を入れ直すつもりなのだろう。

（うん……？　あれは……、瑠璃天目!?）

瑠璃色の美しい夜空に、様々な星をちりばめたような独特の輝きをもつ碗を『瑠璃天目』という。角度によって色を変える星文は、黒釉碗の中に静かに収まっていて、品のある彩りを見せていた。

瑠璃天目は、白楼国の後宮の宝物庫と、月長城の宝物殿にも一つずつ保管されていたはずだ。茉莉花は、後宮の女官として働いているときに、後宮の宝物庫で保管されているものを見せてもらったことがあった。

（あの輝きは本物……！）

瑠璃天目の輝きは、つくろうと思ってつくれるものではなく、采青国にあるたった一つの建窯から万に一つどころではないほどの偶然で産まれるものらしい。螺鈿とはまた違うあの独特の色合いは、どうやっても偽造できないとも聞いた。

（……綺麗だな、とはたしかに思うのだけれど）

幼いころから美術品に慣れ親しんでいれば、違う感想も出てくるはずだ。しかし、貧乏な平民の生まれである茉莉花は、「綺麗」「高そう」「古そう」「貴重」の四つを組み合わせた言葉しか出てこない。

——瑠璃天目は、後宮の宝物庫にあるぐらいだから、とんでもなく高いもののはず。あの部屋にいる瑠璃天目のもち主は、かなりのお金持ちなのは間違いない。

あの瑠璃天目を日常で使えるなんてすごいという感想は、明らかに平民目線のものである。皇子の大虎に同意を求めることは、さすがに恥ずかしくてできなかった。

茉莉花は宿にやっかいな客人がいる話を大虎と武官にしておいた。

それからずっと警戒していたけれど、運よく一度もやっかいな客人と顔を合わせることなく宿を出発できて、早々に首都へ到着する。

幸いにも雪はちらついているだけだったので、そのまま黒曜城に向かった。

「白楼国の冬虎皇子殿下ですね。お待ちしておりました」

皇帝の異母弟である冬虎の訪問については、黒槐国へ事前に書簡を送っていたため、礼部の文官が既に待機していた。

そして、彼らを率いているのは、黒槐国の皇太子の『影傑』だ。

（……皇太子殿下はわたしのことを覚えているかしら）

茉莉花は、商業都市『江』での三カ国会談のときに、黒槐国の皇太子と顔を合わせている。会談の最中に仁耀が珀陽を襲ったため、会談はその時点で中止となってしまった。そのせいもあって、皇太子とは一度も話していない。

「冬虎皇子殿下、この方が黒の皇太子殿下です」

茉莉花が大虎の耳元でそっと注意を促すと、大虎は小さく頷いた。

「私は白楼国の皇帝弟である冬虎です。私の個人的な頼みを聞いてくれたこと、心より感謝します」

「こちらこそ白楼国の方々をお迎えできて光栄です」

今回の訪問の目的は、琵琶を習うことである。

迎えは礼部の高官と皇族の誰かがいたら充分のはずだけれど、わざわざ皇太子がきてくれたようだ。偶然なのか、なにか意図があるのかは、この時点ではわからない。

大虎と影傑がにこやかに「実は私も琵琶を弾いていて」「ぜひ一度合奏を」と挨拶を交わし合っているうしろで、茉莉花は並んでいる官吏や影傑の顔を失礼のないように観察した。

「……貴女はたしか」

影傑がふとどこかで見たような気がするという視線を茉莉花に送ってきたので、茉莉花は丁寧に拱手をして頭を下げる。

「わたしは礼部の文官の晧茉莉花と申します。三カ国会談では大変お世話になりました。このたびは冬虎皇子殿下のお願いを聞き入れてくださり、感謝しております」

どこで顔を合わせたのかを、茉莉花は自ら明かした。

「ああ、あのときの……。華副三司使が貴女ともう一度話したがっていた。時間をつくってやってほしい」

「華副三司使のご都合のよろしいときに、ぜひ」

茉莉花は笑顔で受け答えをしながらも、胃が一気に重たくなる。

影傑はあのときの……と今思い出したように言いながら、華副三司使の名前をさらりと出してきた。最初から茉莉花のことをわかっていて、話の導入としてわざわざ名乗らせたのだ。

「それでは、お部屋にご案内します。こちらへどうぞ」

礼部の文官が前に出てきて歩き始める。

茉莉花は黙ってついていきながら、黒曜城のつくりを頭の中に入れていった。


「皇子ぶるのも疲れるよ～」

大虎は賓客用の部屋の長椅子に腰を下ろした瞬間、伸ばしていた背筋を曲げた。

茉莉花は部屋の間取りと窓の方角を確認しながら、まあまあとくちを開く。

「大虎さんは元から皇子殿下ではありませんか」

「僕は皇子として半端ものなんだよねぇ。母親が女官だったからさ。皇子が産まれたことで妃扱いになったっていう一番面倒なあれだよ」

女官や宮女から妃になることは珍しいけれど、まったくないわけでもない。

物語の中ではきらびやかに書かれることが多い身分差の恋物語だが、実際に生まれてくる子は大虎のように半端ものとしての苦労が絶えないはずだ。

「仁耀も僕と同類でさ。こうなると、ちょっと仁耀との因縁を感じるなぁ」

母親の力……母方の実家の力が、皇子としての力になる。

仁耀も大虎と同じく、母親が女官だった人だ。仁耀は皇子として生きていくよりも、元皇子という立場を利用し、臣下としての出世を選んだ。

（それは、珀陽さまも同じ）

珀陽は幼いころに母親を亡くした。母親は一応妃だったけれど、実家の力はあまりなかったと聞いたことがある。

珀陽と大虎が仲よくしているのも、珀陽が仁耀を慕っていたのも、似たもの同士というきっかけがあったからなのかもしれない。

「僕は琵琶の先生と親しくなるところから始めるつもりだけれど、茉莉花さんには仁耀がいるかどうかを確かめる作戦ってなにかある？　あ、でも詳しく聞くと意識しすぎて挙動不審になるかもしれないから、そうならないぐらいに、でも茉莉花さんの仕事の邪魔をしない程度に教えてほしいんだ」

大虎の特技である誰とでもすぐに友だちになれるところは、茉莉花には真似できない。

茉莉花は茉莉花らしく、この場になじむことから始めるつもりだった。

「相手方の反応を見るのは、既にどこかに潜りこんでいる白楼国の間諜に任せます。わたしはここに慣れたらひっかき回すことに専念しますね」

「ひっかき回すだけ？」

大虎が首をかしげたので、そうですと微笑む。諜報活動にも適材適所がある。大虎は人と仲よくなってくちを緩めさせるのが上手い。そして、今回の茉莉花は『警戒される存在』として最適だ。

「たとえば、大虎さんが陛下の大事にしているもの……花瓶にひびを入れたとします」

「こわっ！　そのたとえ、すごく怖いよ！」

大虎が身体を震わせる横で、茉莉花は手を伸ばし、想像上の花瓶をひょいと動かした。

「それで、こんな風に花瓶を動かして、ひびが入っているところを見えなくして、ひびを隠してしまったとします」

「……うわ～、僕、そういうことをやりそう」

大虎がうんうんと頷く。

「気づかれたらどうしよう、と思っているときに、陛下が笑顔でやってきます」

「怖い！　怖い！」

うわあああ！　と過剰反応を見せる大虎に、茉莉花は微笑んだ。

「いつもなら世間話をしにきただけだと思えるのに、隠したいことがあるときは『怖い』になりますよね。もしも黒槐国に仁耀さまがいるのなら、かくまっている方々はわたしたちの訪問を『怖い』と思うはずです」

「……そっか！　心当たりがあると警戒しすぎてしまうんだ！」

茉莉花は、黒槐国から様々な反応を引き出すため、小さな違和感をばらまくという計画を立ててきた。

夜、茉莉花と大虎は歓迎の宴に招かれた。

この宴は、大虎の琵琶の師匠となる文官、寛衙悠による個人的な歓迎会ということになっているけれど、諸々の準備は礼部が行ったようだ。部屋の内装も料理も酒も、明らかに個人の範疇を超えている。

宴の主役の大虎は、衙悠と酒を飲み交わしながら笑い声を立てていた。その様子に安心しているのは、茉莉花だけではない。黒槐国の礼部の文官も同じである。

「失礼します。私は礼部の文官の慈浪孝です。皓茉莉花殿のご活躍はこの黒槐国でも有名でして、私にぜひその武勇伝をお聞かせください」

ほどよく酒が回ってきたところで、礼部の文官から声をかけられた。宴が始まってからちらちらと見られていたので、そろそろだろうと思っていたけれど、態度には出さずに穏やかに微笑んでおく。

「わたしはまだ未熟者でして……。周りの皆さんに助けられてなんとか仕事をしているだけです。恥ずかしい話ばかりで、お聞かせするのも申し訳ないです」

「そんな！　シル・キタン国では総司令官殿と一対一の捕虜交換の交渉に挑まれたとか。美しい女性でありながら、志は勇猛果敢な将軍であることに感服しました」

『美しい女性』という社交辞令の褒め言葉に、茉莉花はほっとした。

（黒槐国は、わたしのことを着飾る女性だと認識してくれたみたい）

今夜の茉莉花は、飾り紐も交ぜて髪を編み、編んだ髪を赤い歩揺を使って上手く留めている。手先が器用な大虎が手伝ってくれたおかげで、きっとどこから見てもゆるみのない綺麗な形になっているだろう。

そして、橙色から朱色に変わっていく官服ではない美しい上衣を着て、しゃらしゃらと音を鳴らす細い腕飾りもつけておいた。

「もしかしてその腕飾りは叉羅国のものではありませんか？」

「ええ、叉羅国の方に頂いたものなんです。この飾りの数に意味があるそうで……」

茉莉花は、浪孝へ叉羅国の文化についての話をしつつ、浪孝へ質問をしたりもして、会話が途切れないように気をつけた。接待する側にとって、一番ありがたい存在であり続ける。

（大虎さんは……大丈夫そうね）

衙悠は、大虎の琵琶の音色をとても気に入ったようだ。意欲的な弟子がきたことを歓迎していた。

「それではそろそろ……」

宴が終わるころには、大虎と衙悠はすっかり意気投合していた。

礼部の文官たちからも『無事に歓迎の宴が終わった』という和やかな雰囲気を感じる。

「今夜はありがとうございました。明日からよろしくお願いします」

茉莉花は礼部の文官たちに感謝の気持ちを述べながら、右の太ももの横に右手をつき、力をこめた。それは立ち上がるために手をついただけの何気ない仕草に見えただろう。

しかし、たった一人だけ、その動きを気にした者がいる。


——今のは？


偶然、茉莉花を視界に入れていた武官の礎犀興がなにかの違和感を覚えた。犀興は気のせいにすることができず、勝手な行動を始める。

「足下に気をつけてくださいね」

礼部の文官が大虎と茉莉花たちのために扉を開けた。

犀興は、茉莉花のうしろ姿をすべて眼に入れられる位置で、警護のためだという顔をしてそっとついていく。

——いや、どうやらただの気のせいだったようだ。

音もなく優雅に歩く茉莉花の姿は、どこかの名家の令嬢のようにしか見えなかった。


朝、目を覚ました茉莉花はゆっくり身体を起こす。

周囲を窺いながらも、普段通りを意識して寝台から降りた。

（朝は必ず決まった通りに動くこと。今日の動きを覚えておかないと）

まずは窓から外を眺めて朝陽を浴びる。ぼんやりしているふりをして長めに。

それから着替えをする。おそらく意識しなくても同じ順番になるだろうけれど、それでも決めた通りの順番で服を身につけた。

世話役の礼部の文官に頼んでぬるま湯をもってきてもらい、顔を洗う。

鏡を見ながら化粧をして、髪を結った。瑠璃色の花の歩揺で飾れば完成だ。

最後の確認を丁寧にしたあと、よしと気合いを入れる。

（大虎さんのところへ朝の挨拶に行く……、の前に、庭を歩こうかな）

扉を少し引いたところで止め、それから乱暴にならない程度に一気に開ける。

廊下に出て、左右を見てから身体の向きを変え、扉を音もなく閉めてから歩き始めた。

（うわ、上着の意味がないぐらい寒い……！）

冷たすぎる空気に身体を震わせながら庭に出ると、あちこちに雪が残っている。綺麗な光景だけれど、この庭に長居をする気にはなれなかった。

「……今日は曇りなのね」

視線を庭から空へ移すと、白い空が見える。昼になっても暖かくならなさそうだとため息をつきかけたとき、うしろから声をかけられた。

「いえ、これは晴れと呼べますよ」

「望礼部尚書……！」

いつの間にかうしろにいたのは、昨日紹介してもらった黒槐国の礼部尚書の望来現と、茉莉花たちの警護をしていた武官の礎犀興だ。

茉莉花は笑顔で振り返り、拱手をして頭を下げる。

（こんな早朝に礼部尚書がいるなんて……）

よほどの緊急事態でもない限り、この時間にくる官吏はいない。客人の様子が気になっていたのか、それとも……こちらを警戒しているのか、そのどちらだろうか。

「黒槐国の冬空は、晴れてもこのような白く淡い色になるんです。お帰りのときには、ぜひ振り返ってください。美しい墨絵のような黒曜城は、冬にしか見られませんから」

茉莉花は再び上を向き、黒曜城と空を眺める。

——白く淡い空に、黒く輝く城。

自分が芸術というものを理解できる人間だったら、『綺麗』以外の褒め言葉が自然に出てきただろう。

「とはいっても、長く眺めていたら凍えてしまいますので、お気をつけて」

「はい。これでもまだそこまで寒くないと聞いて驚きました」

「今は雪かきをしなくても大丈夫ですからね。……ああ、そろそろ部屋の中にお戻りを。引き留めて申し訳ありません。しっかり暖かくしてください」

来現が犀輿に視線を向けると、犀輿は黙って頷き、茉莉花に「こちらへどうぞ」と笑顔を向けてくれる。身体を心配する来現の言葉の裏には、勝手に出歩くなという意味が含まれていそうだ。

「お気遣いありがとうございます」

茉莉花は部屋の前まで送ってくれた犀輿に礼を言う。扉を少し押して一度動きを止め、……改めて力をこめた。

そんな茉莉花の動きを、犀輿はじっと見つめていた。

朝の散歩を終えた茉莉花が大虎の部屋を訪ねると、もう大虎も起きていて、身支度を整えたあとだった。

「おはようございます」

「おはよう〜。……あ、ちょっとゆるいところを発見」

大虎は茉莉花の頭のうしろを見て、じっとしていてと言いながら櫛を取り出す。

皇子に髪を直させるなんてとんでもないことだけれど、不格好な結い方のままではたしかに問題があるので、手直しをお願いすることにした。

「ここをちょっとひねって……、うん、これでよし」

大虎はすぐに茉莉花の髪を直し、その出来栄えを見て満足そうに頷く。

「明日は僕が結おうか？」

「一人でもできる髪型がまだあるので大丈夫です。大雪で滞在が延びたらお願いしますね」

「勿論！　旅の途中、女の子の髪型を気にするようにしていたんだよね」

見るだけで髪がどうなっているのかを理解し、そしてその通りに編むということは、才能がなければできない。

女官として働いていた茉莉花よりも大虎の方が上手に髪を結えるというのは、なんとも情けないことではあるが、今はありがたいと前向きに受け取ろう。

「僕は今日から琵琶の指導を受けてくるけれど、茉莉花さんはどうする？」

「しばらくは大虎さんのつきそいをします。華副三司使に呼ばれたらそちらに向かうので、そのときは言ってから出かけますね。……華副三司使との挨拶が軽く終わったら、おそらくここに仁耀さまはいらっしゃらないということでしょう」

——客人がきたのでもてなした。

黒槐国にやましいことがないのなら、それだけで終わるはずだ。

朝、起きたら身支度を整え、散歩をして戻る。

大虎が琵琶を習いに行くので、それにつきそう。

茉莉花は二日目と同じような日を二度繰り返した。

途中、華副三司使と話す機会があったけれど、穏やかな世間話で終わってしまったし、その後は礼部の文官がときどき話しかけてくるぐらいのことしかない。

(でも、視線は感じる)

こちらは白楼国からやってきた皇子一行で、もてなす側は失礼があってはいけないと緊張しているだろうから、常に見られていても不自然ではない。それでも、なんだか必要以上にぴりぴりしている気がする。

（敵意はなさそう。『警戒に近い観察』ぐらいかしら）

大虎も武官も、この三日間はじろじろ見られていても話しかけられることはないと言っていた。

この視線をどう判断すべきなのかは、茉莉花にはわからない。今はあまりにも判断材料が少なすぎる。

「あっ！」

考えごとをしていたら、肩になにかが勢いよくぶつかった。勢いを殺せず、座りこむようにして床に手をついてしまう。

「すみません！　急いでいて前を見ていなくて……!!」

年若い文官が、何度も必死に頭を下げてくる。

茉莉花は、差し出された手を取った。

「大丈夫ですよ。この通り怪我はありませんから」

見た目からすると、自分とこの年若い文官は同い年くらいかもしれない。ふと足下を見れば書簡がちらばっていたので、拾うのを手伝った。

「本当にすみません！　白楼国からきたお客さまになんてことを……！」

「気にしないでください。わたしもぼんやりしていましたから」

繰り返し謝罪する文官に、茉莉花は急がないと上司に叱られてしまいますよと優しく声をかける。慌てて走り去った文官を見送ったあと、表情を変えないまま心の中で喜んだ。

（……手応えはあり、かな）

四日かけた地味な準備が、どうやらじわじわ効いているようだ。

官吏一年目の礼部の新人文官は、『白楼国からきた女性文官に急いでいるふりをしてぶつかり、転ばせろ。そのあと、転んだ女性文官の手を取り、立ち上がらせろ』と命じられた。

新人文官は、わざとぶつかるのはとても失礼ではないかと思ったけれど、上司の命令に逆らうわけにはいかない。

「どうだった？」

新人文官は、礼部尚書の来現のところに報告へ行った。そこにはなぜか華副三司使もいて、華副三司使は待っていましたと言わんばかりに来現よりも先に尋ねてくる。

「……わざとぶつかったら、相手がよろけて座りこんだので、言われた通りに手を引いて立ち上がらせました」

「手の感触はどうだった？」

「普通でしたが……あの、手になにか？」

新人文官は、上司たちがなにをしたいのか、さっぱりわからなかった。

困った顔で質問をしたけれど、答えてもらえない。

「手のひらは硬くはなかったのか？」

来現からの質問に、新人文官は首をかしげながらも返事をする。

「硬いと思いませんでした」

華副三司使と来現は、新人文官の言葉に顔を見合わせた。

「ぶつかったとき、客人は立っていたのだな？」

「はい」

そういえば、と新人文官は不思議に思った。皇子のつきそいの者のために続き部屋を用意していたのに、彼女はどうして廊下で立っていたのだろうか。

——ずっと座ったままでいるのも退屈だよな。

新人文官は納得できる理由をすぐに思いつけたので、それ以上のことを考えなかった。

「もういい。下がれ。ご苦労だったな」

華副三司使は、なにもわかっていない新人文官を部屋から追い出す。そして、腕を組んでうなった。

「犀興、どう思う？」

華副三司使に促されたのは、部屋の隅に立っていた武官の礎犀興だ。

元々この一件は、犀輿によってもちこまれた『悩ましい問題』であった。

「客人はぶつかられたとき、受け身をとっていませんでした。わざととらなかったのか、それとも本当にとれなかったのかは、近くで見ていないのでわかりません」

「そうか。……私から見た晧茉莉花は、あのときと同一人物に見えるが……」

今、華副三司使や来現たちを悩ませている問題とは、『晧茉莉花が三カ国会談のときと違う人間ではないか』というものである。

晧茉莉花は、元は後宮の女官として最も低い官位をもっていただけの人物だ。しかし、その有能さを買われて礼部の仕事を手伝うようになり、ついには科挙試験を受けて正式な文官になってしまったという珍しい経歴のもち主である。

華副三司使にとっては、珍しいけれど納得のいく経歴でもあった。

三カ国会談で議論を戦わせた相手である茉莉花は、文官にしてはあまりにも女性らしい女性で、後宮で暮らす佳人の一人にしか見えなかった。これで最初から文官ですと言いきられたら、そんな文官がいるわけがないと逆に信じなかっただろう。

三カ国会談そのものは、仁耀が勝手に白楼国の皇帝を襲ったために中断された。その後は別の文官たちが茉莉花の仕事を引き継いだらしく、彼女はもう表舞台に出てこなかった。

（あんなに印象的な女性文官を忘れるはずがない）

ここで再会した茉莉花は、三カ国会談のときと同じくとても美しい女性であった。あのときからなに一つ変わっていない。

それなのに、歓迎の宴で警護を担当していた犀興がとんでもないことを言い出した。

——あの方は、本当に文官なのでしょうか。

立ち上がるときに武器を取るような動きをしていた、という犀興の小さな疑問は、始めは来現に鼻で笑われた。

けれども、茉莉花たちの警護を担当する武官が次々に「皓茉莉花のどこかが妙だ」と報告してきたのだ。

「毎朝、必ず同じ行動をとっています。武官は、訓練によって起床後の手順が必ず一定になるんです。勿論、神経質な人間なら文官でもそうなるとは思いますが……。もしかすると、毎日庭へ出ることに意味があるのかもしれません。……近くに連絡役が潜んでいる、とか」

「扉の開け方が、訓練された武官と同じでした。ここは異国の地ですし、武官による訓練を受けてきたのかもしれません」

「冬虎皇子殿下をお待ちしている間、必ず定期的に席を立ち、まるで見回りのようにぐるりと外を歩いて、窓の近くにしばらく立ちます。足が痺れたにしては、毎回同じようにするので気になりました」

茉莉花から武官特有の動きが見え隠れするという小さな報告が積み重なったため、来現は茉莉花と会ったことがある華副三司使に相談した。

そして、一つの疑問が生まれた。

——三カ国会談にいた皓茉莉花と、黒曜城にきた皓茉莉花は、同一人物なのだろうか。

三カ国会談にいた皓茉莉花は、黒槐国の法律をすべて覚えていて、歴戦の文官と対等に話し合っていた。会談後に茉莉花の情報を集めたら、教えられた経歴に偽りはなく、間違いなく優秀な文官であると確信した。

もしも今ここにいる皓茉莉花が武官らしい動きを見せるというのなら、彼女が元武官という経歴をこっそりもっていたという話ではなく、顔と声が似ている別人の武官が皓茉莉花に化けているという話になる。

「一体、なにがどうなっているんだ……？」

客人は、時季はずれにやってきた。

その客人が、別人の文官の名前を騙っているかもしれない。

来現と華副三司使は、この訪問の裏に隠されているものがまったく見えてこなくて、頭を抱えてしまっている。

「こんなときです。例のことに関係があると考えてもいいのではありませんか？　もっと調べてみましょう。……荷物を探る許可を」

犀興は一歩踏(ふ)みこんでみることを提案する。たしかに、今はそれしかなさそうだと来現と華副三司使は頷き合った。

「そうだな。上手くやれ」

「はっ」

来現が許可を出せば、犀興はすぐに部屋から出ていく。

「……晧茉莉花をよく知っている者がいたら、直接確かめさせるのだがな」

来現の疲れた響(ひび)きが混じる呟(つぶや)きに、華副三司使はため息をついた。

細かい編み込みをつくり、それを飾り紐のようにたらし、端(はし)を留める。

茉莉花(まつりか)は耳の横に若草色の花の歩揺を差し、ゆるんでいるところがないかを確認した。

「……よし」

昨日の朝、散歩をしているときに遠くから視線を感じた。通りすがりのふりをして、誰かが茉莉花を見ていたのだ。

今日もどこかで視線を感じるのなら、おそらくまいた種は芽を出したということだろう。

「茉莉花さん、おはよう！」

散歩を終えて大虎のところへ向かうと、元気な挨拶で迎えてくれる。

「おはようございます。今日は宝物殿を見学する日でしたね」

「そうそう。国宝になっている螺鈿琵琶があってさ。折角だから弾いてみたいけれど、でもそれはさすがに難しそう」

非公式の訪問と言いつつも、琵琶の師である衙悠や礼部尚書の来現と仲よくなり、予定になかったことを実現させていく大虎の能力は素晴らしい。

昨日ぐらいからは使用人とも世間話をしていて、そしてそれが自然に見えた。

(だから『御史台』にいるのね)

——御史台で様々な人を見て、調べ、判断する。

経験を積んでいけば、大虎は外交で活躍するようになるだろう。皇子として中途半端だと本人は言っているけれど、珀陽は皇子としての大虎にずっと前から期待しているのだ。

「今日で五日目かぁ。予定の半分が終わったところだけど、茉莉花さんの方はどう?」

「どうやらいい芽が出たみたいです」

「本当⁉　ならそろそろ詳しい話を聞いても大丈夫そう⁉」

大虎から興味津々という眼を向けられ、茉莉花は頷いた。

「もし仁耀さまが黒槐国にいた場合、黒槐国はわたしたちの訪問を警戒するという話をしましたよね。いつもを知っている白楼国側の間諜なら『警戒している』がわかるかもしれないことも」

「うん」

「ただ訪問するだけでは比較しにくいかもしれないので、わたしは別の疑惑の種もまいておきました」

茉莉花が華副三司使の気を引けば引くほど、華副三司使は他のことに注意を払えなくなる。どこかにいる白楼国の間諜は、仁耀に関する情報を探りやすくなるはずだ。

「わたしはここにきてから、文官らしくない仕草をちょっとずつ取り入れていたんです」

「文官らしくない仕草？　女官らしい仕草ってこと？」

「いいえ、取り入れたのは武官らしい仕草です」

茉莉花の言葉に、大虎は瞬きを繰り返した。

どこからどう見ても茉莉花は武官に……いや、本音を言うと文官にすら見えない。

「茉莉花さんが……武官？」

「はい」

困惑している大虎の気持ちを、茉莉花は理解できてしまう。自分は、それぐらい武官から程遠い人間だ。

「一日だけですが、女性武官の仕事をつきっきりで見る機会があったんです。わたしにもできそうな動きがあったので、真似してみました」

「武官の動きって独特で、一日習ったぐらいじゃできないと思うよ⁉」

茉莉花は、見たものを頭で覚えているだけだ。簡単な動きをわざとらしくしてみせることが限界である。

「わたしが武官のふりをしても、武官には見えません。嘘くさい演技になります。……ですが、わたしを警戒している人が、ほんのときどきわたしから出てくる『武官の癖』を見たらどう思うでしょうか」

「あ！　そうか！『文官が武官のふりをしている』じゃなくて『武官が文官のふりをしている』になるんだ！」

茉莉花は、無理に武官らしくするよりも、完璧な文官の中にほんの少しだけ武官らしい仕草を入れることにした。こちらの方が誤解してもらえるはずだ。

「うん？　でも、茉莉花さんが武官のふりをしてどうするの？　なんかあいつ、身元を隠しているぞってことで、より警戒させるってこと？」

大虎の言っていることは間違っていない。

けれど、茉莉花には他にも大事な目的があった。

「大虎さん、一度だけ会った人と後日再会したあと、他の人から『あの人はよく似ている別人では？』と言われたらどうしますか？」

「もっと顔を見る。なんなら本人に直接訊く」

「わたしもそうすると思います」

茉莉花は華副三司使と一度会っている。あのときの茉莉花は、文官らしい言葉も動きもわからなくて、いっそ女官らしくすることにした。そして、華副三司使は、茉莉花の表向きの経歴を知っている人だ。

「華副三司使は、わたしが武官ではないと言いきれます。三カ国会談のあとに、公式にも非公式にも徹底的に調べているはずですから」

黒槐国から晧茉莉花についての問い合わせがあったことは、珀陽から聞いている。あのときは不安を感じてしまったけれど、今となっては助かる話だ。

「武官の経歴はないと言いきれるのに、武官かもしれないという報告をされたら、別人が晧茉莉花のふりをしているのではないかという疑惑をもつでしょう」

「あ〜、一度なにかを疑い始めると、なんでそんなことをしているんだろうかって、余計なことまで考え出すよね」

「はい。本人なのか偽者なのか、偽者ならどうしてこんなことをしているのか。……大虎さんの言う通り、本人に直接尋ねてみたいけれど、それがどうしてもできなかったら？」

「茉莉花さんのことを知っている人に、本人かどうかを確かめさせる」

疑問が生まれたら、誰だって気になる。放置できる人間は少ない。

子星のように「出ない答えは出ませんから」ですぱっと割りきれる人もいるけれど、あれは頭がよすぎる人だからこそできるのだ。

「ですが、ここは黒槐国です。白楼国の新人文官をよく知っている人はいません」

「白楼国から連れてくる……は駄目か。その前に茉莉花さんが帰っちゃうよね。じゃあこの謎は絶対に解けない謎……──あ！」

大虎は茉莉花の意図にようやく気づいた。

茉莉花は微笑み、ゆっくりと頷く。

「仁耀さまはわたしの顔を知っています。仁耀さまがいるのなら、晧茉莉花本人かどうかを確かめさせるために、わたしに近づけるはずです」

訓練された武官である仁耀なら、茉莉花たちに気づかれないよう接近できるかもしれない。でも、茉莉花自身は仁耀に気づけなくてもいい。仁耀を自分に近よらせることが目的なのだ。

「陛下の間諜が、どこからかわたしたちを見ています。陛下の間諜のうちの誰かが仁耀さまの接近に気づけたらそれでいいんです」

茉莉花は、どこかで自分を見ている間諜へ毎日近況報告をしている。

『若草色の歩揺』は、準備が整ったからよく見ていてほしいという合図だ。

第三章

茉莉花は、珀陽から『黒槐国に仁耀がいるかどうかを確かめる』という任務を与えられた。そして、いるかいないかがはっきりしたとき、黒槐国に気づかれないよう伝える方法も二人で決めていた。

――歩揺の色で白楼国の間諜に合図を出すのはどうでしょうか。

茉莉花は朝、庭へ出るようにしている。

それは武官らしい決まった行動をすることで黒槐国を惑わすという意味の他に、白楼国の間諜へ報告するという意味もあるのだ。

毎日違う歩揺や髪型にしたり、歓迎の宴のためだけに歩揺を変えたりすることで、歩揺の色による合図をごまかしていたのだが、どうやら上手くいっているらしい。茉莉花の髪や歩揺をじろじろ見る者はまだいなかった。

「宝物殿はかなり寒いので、覚悟してくださいね」

礼部尚書の来現は、白い息を吐きながら大きな扉の鍵を開ける。

二人がかりで開けなければならない黒い扉の向こうには、木箱や布の包みがずらりと並んでいた。

「目録はこちらです」

来現は、一番手前にある山積みになった書簡の前で立ち止まる。

「勿論、確認がしやすいように、紙でつくった写しもあります」

「写しを見てもいい？」

大虎が興味津々という瞳を向ければ、来現は「ぜひとも」と恭しく大虎に渡す。

茉莉花は、大虎のななめうしろから紙の目録に眼を通していった。

「国宝の螺鈿琵琶だ。……うわ、天庚国皇帝が愛用してた楽譜の原本もある！」

音楽関係のところで大虎は手を止め、じっくりと文字を追う。

来現は大虎からどんなことを尋ねられても丁寧に解説をし、豊富な知識を惜しみなく披露してくれた。

（あら？　瑠璃天目もあるのね）

茉莉花は、黒槐国の瑠璃天目に興味を惹かれたけれど、大虎は瑠璃天目のところで目を止めることなく、すぐに次の頁に移る。

「それでは、螺鈿琵琶を近くでご覧になってください」

「弾いてもいいのかな？」

「国の宝ですので、特別な許可がなければお見せすることもできないものでして……」

わがままな皇子なら「特別な許可がほしい」と言い出すのだろうけれど、大虎は違う。

残念だという顔ですぐに引き下がった。

「これは我が国の厩庫律の、えっと……茉莉花殿、宝物殿の管理は何条でしたかな？」

「厩庫律八条ですね。主守は宝物殿の管理を徹底すべし、と」

「さすがは白楼国随一の才！　いやいや、お恥ずかしい。見習わなければなりませんな」

茉莉花はたまたまですと謙遜しながら、なるほどと納得した。

（皓茉莉花なら黒槐国の律令をすべて言える。華副三司使がそう教えたのね）

本人かどうかを確かめるために、来現は茉莉花に律令を言わせたのだろう。

皓茉莉花なのか、そうではないのか。

（きちんと怪しまれているようでよかった）

こちらの思惑通り、来現たちはこの問題に混乱しているようだ。

「螺鈿琵琶をここへ」

来現は部下に指示を出し、琵琶をそっと運ばせる。螺鈿ははがれやすいので、慎重に扱わなければならないことを茉莉花も知っていた。

部下二人が白い包みを広げると、美しい輝きが眼を楽しませてくれる。

「うわぁ、すごい……！」

大虎は琵琶の形や細工についても詳しく、来現と模様や色について「ここがいい」とか「この時代の他の作品と比べると……」とかいう話を始めた。

（やっぱり『綺麗で高そう』や『知識だけはある』では駄目よね）

茉莉花は心の中で自分にため息をついた。

礼部の文官になったのだから、こういう機会は増えていく。もっと興味をもつという根本的なところから始めてみよう。

「天庚国皇帝の楽譜も見せてもらえるかな？」

「見るだけでしたら大丈夫ですよ」

螺鈿琵琶と楽譜は、目録では同じ頁に記されている。茉莉花は近くに保管されていると思っていたけれど、楽譜は螺鈿琵琶とまったく違うところからもち出された。

黒槐国の宝物殿も、白楼国の後宮の宝物庫と同じように、しっかり盗難対策をしているようだ。宝物は目録順に並べておくと楽に管理できるけれど、盗人に目当ての宝を盗まれやすくなってしまうという欠点がある。

（後宮で働いていたとき、宝物とその場所を全部覚えておくように言われたわね）

茉莉花は懐かしいと思いながら宝物殿を眺める。すると、来現に声をかけられた。

「なにか気になるものでもありましたか？」

「そうですね……」

宝物に興味を示さないのも失礼だ。気になっていたものをくちにする。

「瑠璃天目の碗を見てみたいです」

繊細な細工がなくて気軽に取り出せ、見るだけならば問題のないもの。

茉莉花がもてなす側にとって助かる提案をすると、来現がなぜか言葉に詰まった。

「……瑠璃天目は、皇帝陛下が特に気に入っていまして、ここにはございません」

来現は瑠璃天目の場所をはっきり言わなかったけれど、おそらく皇帝の私室に飾ってあるのだろう。それを今から取ってこいと言えるわけがないので、慌てて選び直した。

「それでは、瑪瑙の帯飾りを……」

来現はほっとした様子を見せ、すぐに部下へ帯飾りをもってくるように命じる。

茉莉花は、手のひらほどの大きさもある瑪瑙をしっかり褒め称えた。


宝物殿の見学は、外套を着ていても寒かった。

客人用の部屋に戻ったら、まずは暖炉の炎と熱い茶で冷えた身体を暖める。

「茉莉花さん、なんか向こうの礼部尚書から探られてなかった？」

何気ない会話の流れで言わされた律令だけれど、大虎は小さな違和感を見逃さなかったようだ。

「はい。ひっかき回すというわたしの役目は、なんとか果たせているみたいです」

大虎は暖炉に近づきながら、首をひねった。

「僕の方は手応えない。僕に対する礼部尚書の態度も、まぁこんなもんかと思うし」

一度も訪問したことのない国のいつもの接待の仕方なんてわからない。

やはり常日頃からこの国を見張っている白楼国の間諜に、あとを任せるしかなさそうだ。

「茉莉花さんは、仁耀がここにいると思う？」

大虎の問いに、茉莉花は少し考えた。

「……そうですね」

白楼国内の事情、そして黒槐国で過ごした数日間。

情報という点が足りないから、現時点では正しい答えを出せない。それでも自分なりの考えは一応ある。

「わたしは、いないのではないかと思っています」

お茶がおいしいですね、ぐらいの軽い声で答えると、大虎が驚いた。

「いないの⁉　仁耀をおびき出すための細かい作戦をあれだけ立てておいて⁉」

茉莉花は『仁耀がいる』という前提で、仁耀を表舞台に引きずり出すための作戦をせっせと実行していた。これでは報われない努力をしているようなものだ。

「そもそも、牢の中の仁耀さまを逃がしたのは……その、ええっと」

「そこまで言ったら最後まで言って！」

茉莉花は、「内緒ですよ」と先に言っておく。

「仁耀さまを脱獄させることで利益を得られる人は、仁耀さまと共に統一国家をつくろうとしていた統一派か、もしくは皇后派の中の非戦論派です。仁耀さまにお世話になって命だけでも……という方もいらっしゃるとは思いますが、単独犯ではあの牢から脱獄させることは難しいでしょう」

――牢の鍵を誰にも知られずに入手する。

――牢の見張りと月長城で働く人たちに目撃されることなく遠くへ逃がす。

脱獄を手伝った者は、その二つを同時にできる人物だ。

それがきっと『答え』だろう。

「仁耀さまを逃がした人は、戦争どころではないという事件を起こすことが目的だったのでは……と」

国内が落ち着いているから、戦争をしようという話になっていた。

しかし、大罪人が何者かの手引きによって脱獄するという事件が起きた以上は、罪人と手引きした人を捕まえたあと、牢の警備を見直さなくてはならないし、誰が脱獄事件の責任をとるのかを考えなければならない。物事の優先順位が一気に変わる。

「たしかに、脱獄事件のあとに子星が疑われて、茉莉花さんは遠くに行かされて、その間に御史台がばたばたと動いて……。うわぁ、本当に戦争どころじゃなくなったね」

非戦論派の思い通り、戦争の話が一時的に止まった。

それに対して、珀陽はどう思っているのだろうか。

「……わたしは、ほっとしてしまったんです」

相手が官吏ではない大虎だからなのか、それとも親しくなったからなのか、それはよくわからないけれど、茉莉花の本音がぽろりとこぼれた。

「ほっとした？　どうして？」

「これで戦争の話が流れるかもしれないと思いました」

官吏としては、罪人を逃がすなんてありえないと怒り、勝てる戦の好機を逃したかもしれないことにがっかりし、未だに罪人が見つからないことに焦るべきだ。

わかっていても、それができなかった。

「戦争なんてしたくないって思う方が普通だよ。僕もしたくないし」

しかし、大虎はあっさり同じだと言ってくれる。

「大虎さんも……ですか？」

「戦争で勝ってもさ、友だちや知り合いのうちの誰かは怪我をしたり、死んだりする。得るものが大きいとわかっていても、失うものが先に見えていると怯むよね」

大虎は、皇子として半端ものだからしかたなく御史台で働いているだけだ。

官吏になりたかったわけではないし、今後もなろうというつもりはない。

茉莉花とはまた違う意味での、官吏らしくない考えをもっている。

「……僕、翔景の言っていたことの意味がわかっちゃった」

大虎は「そういうことか～」と呟く。

「多様性って大事だ。なにかあったときに、僕と一緒に立ち止まってくれる人がいないと、そうなのかな～？　って言いながらあっさり流されて終わりそう」

茉莉花は、多数派に入ることがとても楽であることを知っている。自分の意見を押し通すのは疲れるし、面倒で、敵をつくるだけだ。

（きっとわたしは、大声で『反対だ』と言える人間にはなれないだろうけれど……）

けれどもその代わり、——……「わたしも反対です」と同意できる人にはなりたい。

そして、同意したいのなら、必要になるものがある。

（赤奏国で、内乱を戦わずに終わらせたいと言ったわたしに、赤の皇帝陛下はそれなら代わりのものを出せと怒った。あのときと同じだわ。戦争をしたくないのなら、戦争で得られるはずだったものに等しい別のなにかを用意しなければならない）

——今のわたしに、なにが用意できるのだろうか。

これはもっと必死に、なりふりかまわず考えなければならないことだ。

「……さむい」

夜中、茉莉花はふと眼を覚ましてしまった。

椅子にかけておいた上着を上掛けに重ねるために起き上がり、床に足をつける。

寒さに震えながらわずかな月明かりに照らされている卓と椅子を見て……動きを止めた。

(わたしが寝ている間に、誰かがこの部屋に入ってきた)

ぞくりと震えながらも、なんとか動揺を押し殺す。

卓の上には、書きかけの手紙のような紙が二枚重ねてある。これは茉莉花が毎晩わざと置いているものだ。

(端をきちんと揃えて文鎮で動かないようにしておいた手紙に見えるけれど、実は二枚の紙はほんのわずかにずらされている)

明るいところできちんとよく見れば、髪一本程度のずれに気づき、二枚目を見るために動かしても元の位置に戻せただろう。

しかし、侵入者は薄暗い月明かりだけではわずかなずれに気づけず、文鎮の場所だけに注意を払ってしまい、手紙の端をきっちり揃えてしまったのだ。

(ただの物取りなら、手紙の二枚目を読むことはない。なんらかの理由でわたしを殺したい人なら、もうわたしは死んでいるはず)

なんのために部屋に入ったのかは、侵入者の痕跡でぼんやり見えてくる。

（わたしは、この国に仁耀さまがいらっしゃる可能性は低いと思っていた。でも……）

茉莉花は深呼吸をし、どきどきしている胸を落ち着かせようとする。

こんなにも寒い真夜中なのに、手のひらにじわりと嫌な汗をかいていた。

——仁耀さまはいるのかもしれない。わたしのすぐ傍に。

翌朝、茉莉花は黄色の歩揺をつけた。黄色の歩揺には『仁耀がいるかもしれない』という意味がある。

庭の散歩をいつも通りに終えたあと、大虎の部屋を訪ねた。絶対聞かれてはならない会話になるので、大虎に琵琶を弾かせながら小声で話す。

「……真夜中の侵入者か。たしかにそれは仁耀かもしれないけれど、でもまた荷物を探りにきただけの人って可能性もあるよね？」

大虎は『真夜中の侵入者』だけでは仁耀かどうかを判断できないと言う。

茉莉花は静かに首を横へ振った。

「荷物を探りたいのなら、前回と同じように、大虎さんのつきそいで部屋を離れているときに入ればいいんです。わたしに姿を見られるかもしれないという危険を冒したからには、そこに重要な意味があるはずです」

昨日の昼、大虎と茉莉花が部屋から離れている間に、皆の荷物が探られていた。掃除の人がさわったという可能性もあるし、盗まれたものはなかったので、そのときは様子を見ておきましょうで終わった。しかし、今回は違う。

「侵入者は、わたしの顔を間近で見る必要があったんです」

茉莉花は、自分が偽者かもしれないという疑惑を黒槐国に抱かせた。

仁耀がいるのなら近くまできて確かめるだろうと言っていたことが、本当になったのだ。

「……っ、まさかの展開だ……！」

うわぁ……と大虎は琵琶を弾きながら顔色を変える。

「昨夜、わたしは襲われませんでした。仁耀さまがいたとしても、わたしたちに危害を今すぐ加えるというわけではなさそうです」

不安はあるけれど、緊急事態というわけでもない。慌てず騒がず、最善の行動を選ぶ必要がある。

「仁耀さまがいたらすぐに帰国しろと陛下に言われています。……昨日の今日で帰国を早めたいと言い出すのは、仁耀さまがいることに気づいてしまったと宣言するようなものですね。せめて一日おいて、明日になってから黒槐国側へ帰国を早める話をしましょう」

「そうだね。今日は絶対一人にならないようにしないと」

簡単な話し合いをしたあとは朝食をとり、琵琶の練習に向かう大虎につきそった。

昨日と同じように続き部屋の椅子に座り、大虎の琵琶の音色を聴き、適当なところで立ち上がって外を見にいく。すると、なんだか嫌な視線を感じた。

（……見ていることを隠さなくなった？）

仁耀が近くにいるのだろうか。それとも黒槐国に警戒されすぎたのだろうか。

（ここは敵地のようなところ。なにかあったら大変なことになる。……明日と言わずに今すぐに帰国すべきかもしれない）

叉羅国のときは、ラーナシュがいた。シヴァンもいた。いざというときに頼れる相手がいるというのは心強い。

しかし、ここに頼れる人はいないのだ。

自分と護衛の武官だけで、大虎を守りきれるだろうか。

「すみません、少しよろしいでしょうか」

茉莉花たちの世話をしている礼部の文官が、ついに話しかけてきた。

警戒しつつも、茉莉花はいつも通りの表情で応える。

「はい、なにかありましたか？」

「お客さまがいらっしゃっています。取り次いでほしいと頼まれました」

「わたしに……ですか？　それとも冬虎皇子殿下に？」

「どちらでもかまわないそうです。皇子殿下の世話役の『苑翔景』と言えば必ずわかってくれる、とおっしゃっていました」

茉莉花は微笑みながら、とんでもなく驚いてしまった。

(世話役の苑翔景……ってどういうこと⁉)

旅の途中で、皇子の世話役が風邪をひいてしまい、共にくることができなかった。そんな嘘を黒槐国側についていたからこそ、ひどく動揺してしまう。

(これは黒槐国の罠？　それとも、翔景さんの名前を使った陛下の使者？)

黒槐国の罠だとしたら、どうして苑翔景の名前を使ったのか。

珀陽の使者だとしても、御史台の苑翔景の名前を使うのは不自然である。

(ううん、考えてもしかたないわ。危険を承知で会ってみるしかない)

茉莉花は覚悟を決めた。とりあえず、最悪の展開である黒槐国の罠だという仮定をしておく。

「苑翔景をわたしの部屋に案内してもらえますか？」

「わかりました」

礼部の文官から、ほっとしたような雰囲気が伝わってくる。

演技なのか、それとも本当にそう思ったのか。

茉莉花は謎を抱えたまま、白楼国の武官に事情を話す。誰が訪ねてきたのかだけは確認したいという判断を伝え、大虎への伝言を託した。

——苑翔景が黒曜城にきていると言われたから、本人かどうかを確かめてくる。万が一に備えて、こちらが戻るまでは合流を控え、この場で待機を。

茉莉花は武官を一人だけ連れ、緊張しながら部屋に戻る。

武官は剣の柄に手をかけ、なにがあってもいいように準備をしていた。

茉莉花もまた、窓の近くに立ち、すぐに逃げられるようにしておく。

黙って待っていると、足音が聞こえてきた。

「こちらです」

黒槐国の礼部の文官の声だ。茉莉花は武官と顔を見合わせ、頷き合う。

「——大変遅くなりました。苑翔景です」

扉の向こうから聞こえたのは、苑翔景本人の声だ。

茉莉花は、ほんのわずかしか考えなかった『本人』という結果に、声がすぐに出せなかった。

(なぜ翔景さんがここに……⁉)

珀陽の連絡役になる人は、危ない状況にも対応できる武官のはずだ。

御史台の翔景がここにこなければならない理由があるとしたら、おそらくかなり重大で複雑な問題が白楼国に発生したのだろう。

「翔景さん本人の声です。……脅されている可能性も考えて、警戒は解かないようにしてください」

茉莉花は小声で武官に指示を出し、深呼吸をしてからくちを開く。

「どうぞ入ってください」

扉の向こう側に声をかければ、「失礼します」という言葉と共に扉が開かれ、翔景が一人で入ってきた。どうやら、翔景のうしろに武器をもった男がずらりと並んでいる……というわけではないらしい。

「話の前に……、外の見張りをお願いしていいですか？」

茉莉花は、聞かれたくない話をしたいから可能な限り警戒してほしいと武官に頼む。それから、ここにいるのが当然ですという顔をしている翔景に椅子を勧めた。

「どうしてここにきたんですか⁉」「白楼国でなにかあったんですか⁉」と叫びたいのを我慢し、武官が周りの見回りを終えたころを見計らい、やっとくちを開く。

「どうして……」

ここに、と問いかけた瞬間、慌ただしい足音が聞こえた。

「ねぇ！　翔景がきていない⁉」

大虎が勢いよく扉を開け、入ってくる。

茉莉花が「あっ……」となっている横で、翔景が冷ややかな眼を大虎に向けた。

「静かにしろ」

「本当にいる！　えっ⁉　本人⁉」

なんで、という叫びは、茉莉花が手を伸ばし、大虎のくちを押さえることでなんとか封じた。翔景の事情がわからない今は、小声で話すべきだ。

「大虎さん、待機してほしいというわたしからの伝言は……」

「え？　受け取ってないよ。翔景の姿が見えたから慌てて追いかけてきたんだ」

どうやら大虎は、茉莉花の伝言を受けとる前に翔景を見つけてしまったらしい。

今回は罠ではなかったけれど、これがもし黒槐国の罠だったのなら……と考えてひやりとする。次はもっと気をつけよう。

「──ええっと、翔景さん、どうしてここに？」

茉莉花が改めて尋ねると、翔景は瞬きを二度した。

「随分と深刻な表情をさせてしまってすみません。茉莉花さんの帰国を待ちきれなくてここにきただけです。子星さんの調査報告書に、茉莉花さんの証言が必要だったので」

白楼国で大変なことが起きたに違いない。

そんなことを考えていた茉莉花は、翔景のあっさりとした答えに固まる。

「……わたしの証言、ですか？　それは急ぎのものですか？」

「まったく急いでいません。皆(みな)にも帰りを待てと引き止められました」

「う～ん、それは止めるよね……」

翔景が言った通り、深刻とは真逆の内容だったので、大虎は疲れたような声を出した。

茉莉花はほっとしつつも、気になったところを尋ねる。

「御史台ではなく、冬虎皇子殿下の世話役だと説明したのはなぜですか？」

「罪人の脱獄の調査のために茉莉花さんを追いかけてきたということは、異国の官吏に聞かせてもいい話ではありません。ですから、皇子の世話役の一人として本来は同行するはずだったけれど、旅の途中(とちゅう)で具合を悪くして合流が遅(おく)れたというふりをしました。それなら自然に合流できますから」

なるほどと納得した。世話役に関しては、本当に偶然(ぐうぜん)の一致(いっち)になったようだ。

「それでは、形式的なものではありますが、茉莉花さんへの質問が幾つかあります」

「あっ、はい」

翔景は本当に茉莉花の証言を得るためにきただけらしい。

多分、この質問が終わったらすぐに帰国するのだろう。

「貴女(あなた)と仁耀殿との出会いはどこですか？」

茉莉花は、仁耀との関係や、牢に行ったことがあるかどうか、そして脱獄した夜にどこでなにをしていたのかを細かく聞かれた。

「貴女は脱獄を手引きしましたか？」

「していません」

「手引きした人物に心当たりはありますか？」

「ありません」

本当に形式的なものだったらしく、翔景は茉莉花の答えを紙に書きこむだけで、「本当に？」と疑うことはない。

「これで調査完了です。それでは失礼します」

「えっ⁉　もう帰るの⁉」

迷わず立ち上がった翔景に、大虎は眼を円くする。

茉莉花は、翔景の行動が予想通りすぎて、力なく笑ってしまった。

「翔景さん、お急ぎのところ申し訳ないのですが、少し力を貸してください」

急ぎの帰国の理由に、翔景という存在が使える。

茉莉花は翔景に、昨夜起きたことを簡単に説明した。

「……仁耀殿が近くにいるかもしれない。だから急いで帰国することにした。たしかに、その方がいいですね」

「帰国を急ぐ理由は翔景さんによってもちこまれた……ということにしたいのですが、お願いしてもいいですか？」

「はい。帰国を急ぐ理由は、深く明かさなくてもいいでしょう。仁耀殿がいる以上、下手な嘘は見破られる。御史台の私が世話役という嘘をついて合流したことも、もうわかっているでしょうから」

──翔景が身元を偽って『白楼国に関する重大な報告』をもちこんだ。そして帰国することになった。

帰国の理由は『仁耀の存在に気づいた』にならなければいいので、細かく決めなくても大丈夫だ。

「……ああ、それから気になることが一つ」

では早速、と茉莉花が動き出そうとしたときに、翔景がふと窓の外を見る。

「黒槐国内でなにかの大規模な捜索隊が動いています。ご存じでしたか？」

「捜索隊……？」

茉莉花には心当たりがなかった。大虎を見れば、大虎もその話を知らなかったようで、首を横に振っている。

「黒槐国の街道に入ってから、何度も軍人に聞き込みをされました。ここ最近、怪しい人、もしくは怪しい一行を見なかったかと。先ほども城下町で聞かれたばかりです」

「わたしたちは一度も聞き込みをされずにここまできました」

「ふむ……」

翔景は気になるという言葉通り、なにかを考えている。

「……私は、ここに仁耀殿がいることを知らなかったので、もしかしたら黒槐国は仁耀殿を探しているのではないか、と考えていたんです」

仁耀が黒槐国と繋がっていたという話を、翔景も知っていたようだ。

その仁耀の逃げた先が黒槐国かもしれないという可能性を考えていて、そして黒槐国にきたらなにやら大規模な捜索隊が動いていて……という状況ならば、疑って当然だろう。

「捜索の話は別件だと思うよ」

大虎の言葉に、翔景も頷いた。

「どこにでも危険な人物はいる。帰国するときには充分に注意を……」

翔景の言葉の途中で、茉莉花は思わず声を上げてしまった。

「……あの、やっぱりなにかおかしくないですか？」

茉莉花は、翔景とは違うところが気になった。まずは確認からだ。

「翔景さんはここにくるまで、何度も聞き込みをされたんですよね？」

「明らかに旅装でしたから、それもあるでしょう」

「最初に聞き込みをされたのはいつですか？」

「私自身が初めて聞き込みをされたのは四日前です。でも捜索自体はもう少し前に始まっていたようですね。『ここ最近とはここ一月ぐらいのことでいいのか』と尋ねたら『三日前ぐらいから今日まで』と言われたんです。つまり、捜索は六日前に始まったはずです」

茉莉花たちは、五日前に首都へ着いた。なにかの捜索が始まったのはその前日だ。

「それぐらいわかりやすく『なにか』を探しているのに、わたしたちが道中でなにも尋ねられなかったのはおかしくありませんか？」

「でもさ、五日前は首都の手前の街から黒曜城まで移動しただけだよ。偶然聞かれなかっただけじゃない？」

その可能性も充分にあった。けれども、そこからがおかしい。

「大規模な捜索隊が結成されているのなら、官吏の人たちはみんな捜索のことを知っているはずです。黒曜城に着いたわたしたちに、怪しい人を見かけなかったかと普通は尋ねませんか？」

「あ〜、それはあれでしょ。罪人が逃げ出したなんて、僕たちも隠しているし」

「あの日から五日経っても大規模な捜索は終わっていないんです。なんでもいいから情報がほしいはずです。はっきり訊かなくても、最近は治安が悪くて……という話をして、白楼国の武官に軽い探りぐらいは入れたいでしょう。任務中の武官は、常に周囲を警戒していますし、怪しい人物がいたら必ず顔を覚えるようにしていますから」

茉莉花の言葉に、翔景は頷いた。

「私が捜索隊の指揮を執っていたら、街道を歩いていた他の国の武官の話は絶対に聞きたいです。白楼国の客人にここまで徹底的に伏せているのは、なにか意図がありそうですね。勿論、国の恥だから言わなかったという可能性も充分にあります」

大虎は「う〜ん」とうなる。

「隠したいこと……。翔景は色々尋ねられたんだよね？　白楼国からの旅人には知られてもいいけれど、白楼国の客人には知られたくないことってなに？　結局そのうち噂になるし、間諜もすぐに嗅ぎつけるだろうし」

「捜索自体は隠すつもりがないのかもしれません。でも捜しているものは知られたくない……というのはどうでしょうか？」

茉莉花の言葉に、大虎は半分ぐらい納得した顔になった。

「白楼国に関係のあるものなら……そうなるかも」

「たとえば、白楼国の間諜とかだな」

一番嫌な想像をした翔景に、茉莉花も大虎も言葉をなくした。

（それは……あるかもしれない。陛下の間諜がどこからかわたしたちを見ていると思っていたけれど、正体が知られそうになって逃亡している最中だったとしたら？）

なにが起こっているのかわからないというのは、本当に恐ろしい。

「私たちは、追っている事件があると、周りで起こっていることのすべてに意味を求めてしまいます。先入観をもたないように気をつけましょう」

「……そうですね」

物事は複雑で、そして簡単だ。

同時に起こっていることがすべて繋がっていたという話は、滅多（めった）にない。

「一応、武官の人たちに不審な人物を見かけなかったかを改めて聞いてみましょう。大虎さん、街道で気になった人はいましたか？」

「……いなかったなぁ。今回は皇子としての馬車の旅だったから、街の人と交流することもなかったし」

「そうですよね。わたしも……」

馬車の中から外を見たときに、いかにも怪しいという人はいなかった。宿の中ですれ違った人も、普通の人ばかりだったはずだ。

「怪しいといえば、茉莉花さんはやっかいな客がいるって言ってたよね」

大虎が、首都の一つ手前の街で泊（と）まったときの話をする。

しかし茉莉花は、笑いながら首を横に振った。

「怪しいのではなく、やっかいな人というだけです」

「どういうやっかいな人だったんですか？」

翔景が興味を示したので、茉莉花はやっかいな人の説明を始めた。

「瑠璃天目をもっているお金持ちで、使用人にきつく当たっていて……」

叱る声が廊下まで響いていた、と言う前に、大虎と翔景が同時に叫んだ。

「瑠璃天目⁉」

自分が瑠璃天目を知っているぐらいだ。大虎と翔景は「高い」「綺麗」以外の言葉がすらすらと出てくるのだろう。

「え⁉　瑠璃天目⁉　どこで見たの⁉」

「ああ、部屋の中に入って見たわけではないんです。使用人の方が瑠璃天目の碗に水かお茶を入れに行くところを偶然廊下で見て……」

大虎の質問に、茉莉花は丁寧に答えた。

すると次は、翔景が眼の色を変えて違う質問をしてくる。

「茉莉花さんは瑠璃天目を見たことがあるんですか⁉」

「後宮の宝物庫で一度だけ見たことがあります。宿で見た瑠璃天目は本物でしたよ」

大虎と翔景の表情は必死そのものだ。なんだか温度差を感じてしまう。

「茉莉花さん！　瑠璃天目は月長城の宝物殿と後宮の宝物庫に保管されているんだよ！」

「はい。それは知っています。とても貴重なものなんですよね？」

大虎に肩を摑まれた茉莉花は、困惑しつつも答えた。

「……貴重ですね、たしかに。瑠璃天目について、他に知っていることはありますか？」

翔景の質問に、茉莉花はもっている知識を並べていく。

「采青国にあるたった一つの建窯から、万に一つどころではない偶然で産まれ……」

色や輝きの特徴を述べると、大虎がため息をついた。

「そこまで詳しく知っているのに……！　見たこともあるのに……！」

「寧ろ見たことがある人に目撃されたのは奇跡では？」

大虎と翔景は、なにか通じ合うものがあるらしい。顔を見合わせて、そうか〜、そうだ、と言い合っている。

「茉莉花さん。現存している瑠璃天目は六つだけってことは知っている？」

言い聞かせるように大虎に言われ、茉莉花はゆっくりと首をかしげた。

「……六つ？　お金持ちなら買えるというものではないのですか？」

「ないよ！　ちなみに六つとも国宝扱いで、気軽にもち出すなんてしない」

「そして、黒槐国が所有している瑠璃天目は一つだけです」

——そうだったんですか。勉強になりました。

いつもなら穏やかに笑って終わる話だろうけれど、さすがにそんな場合ではないことを茉莉花も察してしまう。そして、なんてことだと頭を抱えたくなった。

「す、すみません。そこまで貴重なものだとは知らず……。後宮の先輩の話と、太学の書庫にあった宝物殿の宝物に関する書物からの知識しかなくて……」

そういうことか、と茉莉花は納得する。

黒槐国の宝物殿を見学したとき、瑠璃天目の碗を見せてほしいと言ったら断られた。ここにはないという来現の言葉は、その通りだったのだ。

（大規模な捜索隊が動いているのは間違いなく……！）

ようやく大虎と翔景の動揺に、茉莉花も参加できるようになる。

「……探しているものが判明しましたね」

茉莉花がぽつりと呟けば、大虎が力なく頷いた。

「国宝の瑠璃天目、盗まれたんだろうね……」

ぴりぴりしている空気だとか、朝から礼部尚書が黒曜城にいたとか、気になっていた細かなところが一気に納得できるものになってしまった。

「国宝が盗まれたということは、それだけ警備に大きな穴があったという証拠になります。警備に不安要素があるなんてことは、異国の客人に絶対知られたくないでしょう」

黒槐国は、街道を旅していた茉莉花たちの話を聞きたかったはずだ。

しかし、つい最近国宝が盗まれた……なんてことを知られたら、そんな危ないところにいたくはないと、黒槐国側に不手際があったという理由で帰ってしまうかもしれない。黒槐国はせめて滞在中だけでもこの話を隠し通したいと思ったのだろう。

「茉莉花さん。そのやっかいな客人について、詳しいことはわかっていますか？」

こうなってしまうと、茉莉花は盗まれた国宝の行方を掴んでいる有力な証言者である。

「わたしは、廊下まで響いていた叱る声を聞いただけなんです。銀の器で毒味をしろと言っていました。それから、廊下に出てきた人の服が妙に高価でしたね」

茉莉花のわずかしかない証言に、翔景は考えこむ。

「窃盗集団としてはところどころ妙ですね。銀の器での毒味に、高価な服を着た人ですか。金目のものを手に入れて、気が大きくなって、高級な宿に泊まったところは理解できるのですが」

「捕まえれば色々わかるって。……でも、黒槐国の探しものが白楼国にまったく関係のないものでよかった～。こっちは仁耀だけで手いっぱいだからさ」

結局、疑いすぎて大規模な捜索隊と仁耀に関係があるように思えてしまったというだけの話だ。

ほっとしながら、茉莉花も頷いた。

「今から早速、黒槐国の人に瑠璃天目の話をしてあげようよ。茉莉花さんがいれば、犯人捜しも進むと思うし」

善意から捜査協力をしようと言い出した大虎に、翔景はため息をついた。

「そもそもの目的を忘れるな。こちらは少しでも早く帰国したいんだぞ」

「……あ！」

「瑠璃天目については、情報提供を匿名でしてやることしかできない。こんなときでなければ、いくらでも協力したけれどな」

下手に瑠璃天目探しに首を突っこめば、滞在が延びてしまう。

仁耀がいて、その仁耀がなにを考えているのかさっぱりわからない今は、そんなことはできない。

「そっか、そうだよね。瑠璃天目、見つかるといいな」

大虎の呟きに、茉莉花はそうですねと答えることしかできなかった。


夜中、茉莉花は寒いと思いながら眼を覚ます。

この感覚には覚えがある——……そう、昨夜もたしか同じように起きたはずだ。

（まさか……）

まぶたをそっともち上げれば、真っ暗な闇が広がっている。

しばらくそのままにしておくと、瞳が暗闇に慣れてきて、そしてわずかに入ってくる月明かりのおかげで、周囲がぼんやり見えるようになってきた。

(……なにかいる)

視線を感じる。誰かわからないけれど、近くに人がいるのは間違いない。

(起き上がる？　悲鳴を上げる？　……どうしよう)

——寝ているときに襲われたら、とがったものを相手に突き刺して怯ませ、その隙に逃げなさい。小刀は危ない。素人が下手に振り回すと、自分も傷つけてしまうから。

女性武官から教わった通り、茉莉花はいつも寝るときに枕の下へ歩揺を入れている。

——ぎりぎりまで相手がなにもせずに出ていくことを祈りなさい。姿を見られたら殺す、という判断をする者もいる。

どうかこのまま、侵入者が部屋から出て行きますように。

茉莉花は恐怖に襲われながらも、いつでも動けるように心の準備をしておく。

(近づいてきた)

足音はしない。それでも、人の動く気配というものは、わずかな空気の流れで感じ取ることができる。規則正しい呼吸を意識しながら、ひたすら耐えていると——……動いた。

「……っ⁉」

とっさに枕の下に手を伸ばしたけれど、あっという間に押さえつけられる。

悲鳴を上げようにも、くちを手で覆われてしまった。

「――今から、窓を破って外に出る。すぐに叫んで人を呼べ」

この声、と茉莉花は暗闇の中で眼を見開く。

（まさか、……――仁耀さま!?）

恐怖よりも驚きが勝り、茉莉花は抵抗することを忘れてしまった。

「私に襲われたことを理由にして、明日早くに旅立つんだ。……わかったな」

そのまま動けないでいると、確認するようにゆっくり言われる。

（……どういうことなの？）

仁耀の目的は『茉莉花たちを早く帰国させること』らしい。

しかし、茉莉花たちがいることで仁耀に不都合があったとしても、こちらがあと四日で帰ることはもう決まっている。

黒槐国にいることをわざわざ教えた代償が『帰国を四日だけ早めさせる』というのは、どう考えても納得できない。

（危険だとわかっているけれど……、ううん、わたしは危険ではない）

仁耀の脅しは、あまりにも生ぬるいものだった。茉莉花を殺す気がないと宣言しているのと同じだ。

（仁耀さまはなにかに焦っている。それなら交渉ができる）

茉莉花は自由を得るためにとりあえず頷いておく。

仁耀の手から力が完全に抜けた瞬間を見計らい、交渉を開始した。

「帰国を早めさせたい理由を教えてください。それに納得できなければ、逆に滞在を延長します」

早く帰国させることが仁耀の目的なら、その反対の選択肢をもち出すことで『話し合い』に入れるはずだ。

茉莉花の狙い通り、仁耀は眼を細めた。

「貴方はなにがしたいのですか？」

茉莉花は寝台から身体を起こし、服の乱れを軽く整える。

仁耀は、茉莉花から二歩離れた。

「……襲った理由を聞かないのか？」

「早く帰国させたいことはわかっています。だから『なぜ』と尋ねているのです」

脱獄した罪人である仁耀と二人きりで、それもいつ襲われてもおかしくない距離で話している。

茉莉花がすべき正しい判断は『叫んで人を呼ぶ』だ。しかし、正しい判断では手に入れられないものがある。

「黒の皇帝陛下の身辺になにかありましたか？」

まずは盗まれた瑠璃天目のことを匂わせ、仁耀の反応を見てみることにした。

「知っていたのか？」

「この城から消えたのではという疑惑をもっているだけです」

仁耀をじっと見つめれば、仁耀は諦めたようにくちを開く。

「そこまで知っているのなら、自分たちが疑われていることにも気づいているだろう。解決するまでは帰国できない。だからこそ何者かに襲われたという理由が必要になる」

「疑われている……、そんな……！」

茉莉花は、どうしてそうなったのかと思いつつも、どこかで納得してしまった。

自分たちは、たしかに首都近くで窃盗集団とすれ違っている。瑠璃天目の窃盗事件にまったく関係がないわけではない。

「お前たちを本気で疑っている者は少数だ。ほとんどは無関係であることが示されるまで念のために引き止めておきたいだけだろう。……だが、そのうちの数人が暴走することもある」

仁耀は、茉莉花の瞳をじっと見つめ返す。

「お前たちは珀陽の珠玉だ。ここで死んでもらっては困る」

茉莉花は、思わず息を止めた。

仁耀の言葉の意味はとても簡単だ。勿論理解できる。けれど、それはあまりにも予想外すぎるもので、どう反応したらいいのかわからなかった。

（嘘をつかれた？　それとも本音？　本音だとしたら、なぜ……そんなことを言うの？）

珀陽の命を狙った人が、珀陽を助けようとしている。

淡々とした仁耀の声の裏側を知りたいのに、なに一つ見えてこない。

「……貴方は、陛下をどうしたいのですか？」

茉莉花は、ずっと仁耀の気持ちを聞いてみたかった。今までは部外者だから遠慮していただけだ。

――仁耀は、珀陽を襲い、捕まり、そして脱獄した。

これだけの話なら『実は珀陽を憎んでいたから』で納得できる。

しかし、憎んでいたからだけでは、再び手のひらを返して珀陽のためになることをし始めた意味がわからなくなるのだ。

「私は脱獄をしたくてしたわけではない。ついてこいと言われてついていったら、淑家の連中に殺されそうになった。だから逃げた。それだけだ」

「わたしを生かして帰したら、わたしは陛下に『黒槐国に仁耀さまがいた』という話をします。それでもいいのですか？　……逃げたかったんですよね？」

かまわない、また別のところに逃げるだけだ。

そんな答えをぼんやり考えていると、仁耀はふっと笑った。

「好きにしろ」

笑っているのに、眼の奥は笑っていない。

茉莉花は、仁耀のこの表情をどこかで見たことがある。

宮女(きゅうじょ)のときも、女官(にょかん)のときも、同僚(どうりょう)がこんな顔をしたことがあった。そのあと、彼女たちは穏やかに笑ったままいなくなった。

そして……、文官になってからも見たことがある。

（玉霞(ぎょくか)さん……!!）

覚悟を決めたと言えば聞こえがいいけれど、やけになったという言い方もできる。

そういう悲しい表情を、茉莉花は何度も見てきた。

（このままだと、大変なことになる気がする）

やけになった人がなにをするのか、茉莉花には想像できない。

ふらりと姿を消すだけならいい。けれども、玉霞は赤奏国(せきそうこく)の皇帝を襲おうとした。そういう取り返しのつかないことをする覚悟だとしたら……。

（なんとかしないと……！）

せめてもう少しだけ仁耀と繋がっていたい。考えていることを知る時間がほしい。

「わたしは無理に帰国するつもりはありません」

それに、と必死に言葉を探す。どうにかしてここに残りたい。

「失ったものの手がかりを、わたしはもっています。おそらく、首都近くですれ違いました。黒槐国に協力することで黒槐国の信頼を得て、疑いを晴らしてから安全に帰国するという方法もあります」

——そのためには、貴方の協力が必要だ。

この言葉を、なんとかして言わなければならない。

そして仁耀を頷かせなければならない。

茉莉花は説得の言葉を素早く用意し、どこから攻めるべきかを必死に考える。

「……手がかりがあるだと？」

しかし、仁耀の声色が突然変わった。

仁耀は、黒槐国に身をよせている最中だ。今、黒槐国とどのような関係なのかはわからないけれど、本気で忠誠を誓っているんだとしても、なにか考えがあってのとりあえずの関係だとしても、黒槐国に恩を売る機会は得たいだろう。

「はい。わたしたちは安全に帰国したい。貴方はわたしたちを失わせるわけにはいかない。今回は目的が一致しています。ですから、一時的に同盟を結びませんか？」

「同盟？」

「そうです。失ったものが見つかるまで、貴方はわたしたちを襲わない。見つかるまで情報共有をする。そしてわたしは、白楼国に貴方がいるという連絡をしない。……この条件でどうですか？」

　仁耀がいることは、もう白楼国に伝わっている。

　茉莉花はそこだけ仁耀を騙した。いくらなんでも『なんとなく仁耀が危ないことをしそうだから』という曖昧な理由で、仁耀を見逃すわけにはいかない。

（これだけでは条件が弱いかも。そもそも、仁耀さまは白楼国に自分の存在を知られてもいいみたいだから……）

　他にこちらが用意できそうな魅力的な条件はないだろうかと考えている間に、なぜか仁耀がこの条件に同意した。

「……いいだろう」

　茉莉花は同盟を提案した側なのに、仁耀の返事に驚いてしまう。

（今の条件のどこに魅力を感じたのかしら。白楼国へ連絡されても平気だという顔だったし……情報の共有？　仁耀さまはどんな情報を求めていて、なにをしたいの？）

　わからないことばかりだ。それでもたった今、仁耀との間に一時的な同盟が結ばれたのはたしかだ。時間が許す限り、仁耀の心の中を探ってみるしかない。

「得た情報は、必ず先に私と共有しろ。黒槐国に私から伝えるのか、お前が直接伝えるべきなのかは、その都度決める」

「わかりました」

仁耀の言葉から、求めているのは『なにかの情報』だと確信する。

だとしたら、考えなしにすべての情報を共有することは危険だ。手持ちの情報は少しずつ明かしていき、仁耀の反応をしっかり見なければならない。

「お前がもつ手がかりとはなんだ？」

茉莉花は、唯一の手がかりをくちにする。

「瑠璃天目をもっている男たちが、首都の一つ手前の街の宿に泊まっていました。どこへ向かったのかは知りません」

「顔は見たのか？」

「はい。廊下に出てきた人の顔なら覚えています。その人を叱る声も聞きました」

「……そうか。その情報は明日の朝、お前から礼部尚書の来現にもちこめ」

「はい」

消えた国宝をもつ窃盗集団の顔と声を知っている。

そのことを来現に教えたら、茉莉花は間違いなく捜査に協力するよう頼まれるだろう。

「お前は、黒の皇帝の顔を知っているのか？」

「……ええっと、皇太子殿下の顔ならわかります」

突然、茉莉花は仁耀から不思議な質問をされてしまった。これはなんの確認だろうか。

「姿絵を用意してもらえ。似ていないかもしれないが、最後の確認の助けになるだろう」

最後の確認とはどういうことなのか。

たしかに黒の皇帝は瑠璃天目のもち主だけれど、瑠璃天目の輝きに顔は関係ないはずである。

「犯人たちからの要求が未だにない。金銭目的ではないのかもしれないな」

瑠璃天目の盗みなんて、金銭目的以外になにかあるのだろうか。

茉莉花は、首をかしげたくなるのをぐっと我慢した。こういうときは「勿論です」という顔をしておかなければならない。

(もしかして、政治的な問題もからんでいるのかな……? 国宝を返す代わりになにかしてほしいとかそういう……)

まずは、仁耀がもっている瑠璃天目の窃盗事件についての情報を、徹底的に引き出す必要がありそうだ。

「殺したいのなら、その場で殺せばいい。そうしなかったのなら、誘拐で間違いない」

茉莉花はここにきて『そもそもがおかしい』と気づいた。

ものを盗んだときに、誘拐という言葉は使わない。誘拐とは、人を攫うことである。

(あれ……?)

どこで話がずれたのだろうか。この話の最初は……。

——わたしは、失ったものの手がかりをもっています。

いや、もっと前だ。

——黒の皇帝陛下の身辺になにかありましたか？

そう、まずは瑠璃天目のことを匂わせて、それに仁耀が反応して……。

「黒の皇帝を誘拐したからには、いずれ接触してくるはずだ」

誘拐されたのは、黒の皇帝。

なるほど、瑠璃天目ではなかったのか……というところで、茉莉花は固まった。

（…………黒の皇帝陛下が、誘拐された？）

いつの間にか、瑠璃天目が盗まれたという話ではなく、黒の皇帝の誘拐という話になっている。

（えぇっと、話がどこへ……）

茉莉花は表情を変えないまま、必死に考えた。そして、すぐに『失ったもの』というとても曖昧な言い方をしたと思い出す。

「そのときに瑠璃天目を使うつもりだろう。皇帝がいる証拠に使える」

空気を読むことが得意な茉莉花は、深刻な表情で頷いておいた。

胸がどきどきしていることに、気づかれてはならない。

「私に接触する必要があれば、三カ国会談で使った『待て』の合図をしろ」

仁耀はそれだけ言うと、部屋から音もなく出ていく。

真っ暗な部屋の中で、茉莉花はぼんやりと窓を見続けた。

「……どうしよう」

とんでもない事態だ、と茉莉花は呟く。

(国宝の瑠璃天目が盗まれていた。自分たちはその窃盗集団とすれ違っていた。そういう大変な事件が起きたのだと思っていたけれど……)

仁耀の話からすると、瑠璃天目が盗まれたこと自体は間違っていない。

ただ、もっと大事なものが共に盗まれただけだ。


「黒の皇帝陛下が誘拐されたなんて知らなかった……」


誘拐された直後に黒曜城へきた自分たちは、たしかに疑われるだろう。

そして、疑ってくださいというようなことを、仁耀がいるかどうかを確かめるために、それはもうあれもこれもしたのだ。

(帰国を引き止められるのは自業自得なわけで……)

こんなときに黒曜城へきてしまった自分たちは、とても間が悪かったのだろう。

第四章

　朝、茉莉花はいつもの散歩をしなかった。その代わり、翔景と大虎に大事な話がしたいと言い、自分の部屋に集まってもらう。そして、昨夜の仁耀との取引と、黒の皇帝誘拐事件についての話をした。

「茉莉花さん！　それは危ないって！　やるべきことは仁耀との取引じゃなくて、大声を上げて僕たちを呼ぶことでしょう⁉」

　大虎に叱られ、茉莉花はその通りだと反省する。夜中に自分一人で決断してもいいことではなかったのはたしかだ。

「この際だからはっきりさせるけれど、この三人に優先順位があるとしたら、まずは茉莉花さんの身の安全、次は僕、最後が翔景だからね」

　大虎が順番に指を差していき、また茉莉花に視線を戻す。

　茉莉花はすぐにそれは違うと指摘した。

「皇子殿下である大虎さんの身の安全が最優先されます。翔景さんとわたしの優先順位は難しいところですが……」

「茉莉花さんは、陛下から禁色の小物を与えられたんだ。替えのきかない人材として認められているんだよ。僕は陛下のために都合よく働く皇子なのはたしかだけれど、そんな皇子は僕の他にもいる」

大虎の真面目な表情に、茉莉花は「まさか」と笑い飛ばすことができなくなる。

そして、翔景も大虎に同意した。

「私程度の文官はいくらでもいます。唯一無二の才をもつ文官は、絶対に失うわけにはいきません」

かつて茉莉花は、替えのきく文官だからという理由で赤奏国に派遣された。

けれども、今はもう状況が変わっている。いや、自分が変えたのだ。

「ということで、僕は仁耀との同盟を無視して今日帰国しようって意見だから。仁耀は信用できないし、もし茉莉花さんが襲われたら、僕では対応も責任もとれない」

茉莉花の決断とは真逆の考えを表明したのは、まさかの大虎だ。

「大虎さん⁉」

茉莉花が驚くと、翔景が頷いた。

「私も今日帰国すべきだと思います」

「翔景さん⁉」

「なによりも、私は子星さんを早く解放したいので」

「うっ……」

茉莉花は言葉に詰まったまま、なにも言えなくなる。

（どうしよう……！　最終決定権は皇子の大虎さんにあるし、翔景さんの協力を得られないのはとても厳しい……！）

この同盟は、仁耀の気持ちを聞き出せる最後の機会になるかもしれない。その予感がなんとなくしていた。

しかし、危ない取引であることも間違いない。これは一人きりでどうにかできる問題ではないのだ。二人に反対されたら、諦めるしかない。

「――わかりました。今日、帰国を……」

茉莉花がここで手を引こうとしたとき、翔景がぐっと顔を近づけてきた。

「諦めるのですか？」

「え？　はい、反対されたので、そうしようかと」

大虎の意見も翔景の意見も、自分とは違うけれど、そうだと納得できる。立場が違えば、茉莉花もそちら側につくだろう。

「まだ押せばいける場面です」

「押せばいける？　……ええっと？」

「大虎の主張は『危ないから帰ろう』という程度のものです。どのぐらい危ないのか、危険を冒してでも残るべきなのか、まだそういう細かいところまで意見を出し合ったわけではありません。話し合いにすらなっていないのに、『ここで手を引く』という結論をもう出すのですか？」

早期帰国派の翔景に、もう少しがんばれと言われてしまい、茉莉花は混乱した。

「ですが、大虎さんの意見はもっともですし……」

「貴女の意見はもっともではないと？」

「意見というよりも、わがままのようなものです。なんとなく仁耀さまが危なく感じられて、なんとなく繋がりを保っておきたいと思っただけでした」

「なんとなく危ないとは？」

「……仁耀さまの眼が、突然いなくなってしまった同僚の眼によく似ていたんです。あれはすべてを諦めて……やけになったとも言えますが、今までできなかった決断をついにして、楽になったときの瞳です。かつての同僚のように仕事を辞めるだけならいいのですが、仁耀さまは黒槐国に身をよせていて、なぜか黒の皇帝陛下誘拐事件の情報をほしがっています。白楼国を巻きこむようなとても危険なことをしているのなら、今なら探れますし、いざというときに止められるかも、と」

茉莉花の具体的な説明を、翔景は真剣なまなざしで聞いてくれる。

「茉莉花さん、『なんとなく危ない』では、そこまでしっかり考えていることが大虎に伝わりません。おそらく、私でも半分ぐらいしかわからないでしょう。貴女のように、他人の考えていることを本人よりも読み取れる人は、本当に貴重な存在なんです」

翔景は同意を求めるかのように、大虎をちらりと見た。

「大虎の危険と、貴女の危険、どちらがより危険なのかを競い合うべきです」

——さぁ、どうぞ。

そんな思いがこめられた翔景の手のひらが、茉莉花の背中を押してくる。

茉莉花は思わず一歩動き、そして大虎と眼が合った。

「僕は、茉莉花さんが危ないのは絶対に嫌だ」

大虎の優しさが詰まった主張を、嬉しく思う。でも、嬉しいだけでいいのだ。

（わたしは白楼国の文官で、守られるだけの女の子ではないから）

大虎は、茉莉花のことを文官と認識しながらも、いつだって女の子として心配してくれている。本当にいい人だ。

（こういう優しい人の攻略法はたしか……！）

太学で学んでいたとき、子星に課題を出されたことがある。それは『学試の解答を集めてくること』というもので、春雪と一緒に太学の生徒へ頭を下げて回った。

——あんたを女の子として認識していて、比較的まともな性格のやつはね、『上目遣い』と『泣き落とし』が一番効くんだよ。

悲しくないときに泣くのは難しいと言ったら、涙目でもいいという指導をされた。涙目なら瞬きを繰り返せばなんとかなる。

「大虎さん……」

涙目をつくる作業を見せるわけにはいかないので、茉莉花はうつむく。

「……仁耀さまは陛下を襲いました。陛下は、どうしてそんなことをしたのかを仁耀さまから直接聞きたくて、生かして捕らえるという選択をしました。仁耀さまも一度はいつか言うとおっしゃっていたのですが……」

仁耀は牢から出され、自由を得た。

——自分と交わした約束よりも優先される仁耀の新しい目的とは、一体なんだろうか。

「きっと、これは仁耀さまの本当の気持ちを聞ける最後の機会です。陛下の心の一番深いところにある癒えない傷に向き合える機会を、わたしは陛下に摑み取ってほしいんです」

茉莉花は顔を上げて大虎を見る。おそらく眼が潤んでいるはずだ。

「それに、仁耀さまが危険なことをしているのなら、わたしは止めたいです。あの襲撃事件に関わった者として、見過ごすわけにはいきません。これ以上、陛下を悲しませたくないんです」

大虎の瞳をじっと見つめ、必死に訴えた。

「お願いです。大虎さんの力を貸してください。陛下は大虎さんにとって兄で、そして仁耀さまは叔父です。家族である二人のためにどうか……！」

仁耀と茉莉花は、知り合いという程度の関係でしかない。

けれども大虎は違う。血の繋がりがあって、そして仲間意識もある。

大虎は仁耀について特に意識している様子はなかったけれど、それはわざとそう見えるようにしているのだろう。大虎だって皇帝襲撃事件に驚き、動揺し、傷ついているはずだ。

「……っ、あ～……そういう情に訴える攻め方をされると……っ！」

大虎が頭を抱え、長椅子に突っ伏す。

「まずは一勝ですよ」

翔景の淡々とした声に、茉莉花は「これは勝負なんですか⁉」と驚いてしまった。

「でもね、条件は出す！　僕と茉莉花さん、危険な状態で二者択一を迫られたら、茉莉花さんは自分を選んでね。ここだけは譲れない！」

異国という危険な場所で優先順位が揺らいだままだと、みんなを危険にさらしてしまう。大虎が決めておきたいと言い出したのは当然のことだ。

「わ、……かりました！」

そもそも茉莉花が自分を危険な状態にしなければ、大虎は守りきれる。いつもより厳しい判断をしておこう。

「……仁耀のことは、たしかに気になっているよ。僕は『なんで？』とはあまり思ってないし、それを本人のくちから言わせようとする陛下もどうかなと思うけれど。でもさ、もう少し陛下と本音で話をしてほしいとは思う」

「大虎さんは、仁耀さまの気持ちがわかるんですか？」

「そう難しくはないよ。誰だってそういう気持ちはあるだろうし」

はぁ、と大虎がため息をつく。

「ああ、嫉妬と怒りか」

翔景がさらりとくちをはさんだ。大虎はぱっと顔を上げる。

「僕がわざわざ言わなかったのに、そういうことを言う〜!?」

空気を読んで！　と大虎は叫んだ。

「それだけじゃないとも思うけれどね。でも、心の中のことを細かく言わせるのも悪趣味だ。……言ってほしいのは、後悔とか、嫌いになったわけではないとか、そういう……陛下の心が少しでも救われるようなことなんだよ。実際のところはわからないけれど」

大虎の優しさに、茉莉花はほっとした。

もしも、仁耀にまだ珀陽への情があるのなら、大虎の言う通り、言葉という形で残してほしい。

「茉莉花さんは嫉妬と無縁そうだよね。あ、でもされることは多いか」

「わたしも嫉妬ぐらいは…………ええっと」

最近した嫉妬はなんだろうかと記憶を探る。

嫉妬というのは、茉莉花にとって、余裕がないと生まれない感情だと思っている。必死に生きている最中は、自分のことしか見えていないので、他人と比べるという作業すらもできないのだ。

「すぐに出てこないのって、人間ができている証拠だよ。翔景も見習って」

「嫉妬は、上手く使えば向上心に繋げることができる。私は子星さんの指導を受けている吏部の若手文官がうらやましくてたまらないが、指導を受けられないのは自分に至らないところがあるからだと思い込むことで、より一層の努力ができている」

「前向きな根暗って嫌だなぁ」

翔景と大虎のやりとりを見ていて、茉莉花はそうだと思い出した。

(お二人が仲よくなって名前で呼び合い始めたとき……そう、なんとなく……)

わたしと親友になりたいと言ってくれたのに、という子どもっぽい感情が自分の中に生まれ……。

「茉莉花さん？」

「えっ、はい！　そうですね！　……と、友だちと友だちが一気に仲よくなったところを見たときに、……寂しい気持ちになったことならあります」

「寂しい……か。わかるなぁ、それはたしかにある」

大虎がなにも気づかずに同意する姿を見て、茉莉花は安心する。さすがに貴方たちに嫉妬しましたなんて話は、恥ずかしくて言えない。

「じゃあ、次は翔景の説得だね。翔景、がんばってよ。僕はやっぱり帰国した方がいいと思っているから」

茉莉花はおそるおそる翔景を見た。

翔景の説得というものは、今までしてきた様々な交渉の中でも、最高の難易度を誇るだろう。

「翔景さんには、子星さんを早く解放したい以外に、早期の帰国を望む理由はありますか？」

ひっかかっているものを最初にはっきりさせておかなければならない。翔景には情に訴えるような説得は効かないはずだ。

「子星さん以外の理由はありません。あえて言うなら……、ここに残っても私にとって得するようなことがなにもないからです」

「たしかにそうですね……」

うっかり同意してしまうぐらい、翔景にとっての滞在の延長は『余計なこと』である。

翔景は御史台の文官で、ここにきたのも自分の仕事のためだ。引き止めたいのならば、御史台の仕事を上回るようなものを用意しなければならない。

（国の一大事なら、翔景さんも動いてくれるけれど……）

黒の皇帝誘拐事件は、白楼国の一大事ではない。

正直なところ、事件は解決しなくてもいいのだ。いや、それどころか……。

「早く帰国した方が、翔景さんにとっても、白楼国にとっても、得することばかりですよね。黒の皇帝陛下がいなくて、仁耀さまがいる。黒槐国との戦争の最高の好機です」

茉莉花は、自分の言葉にひやりとした。

(元々わたしたちは、戦争をするかしないかの話をしていた)

戦争したいのなら、相手がいる。相手としてよく出てきたのは『黒槐国』だ。

——どうしよう。

説得の材料が見つからなくて、茉莉花は言葉を失う。

「戦争ねぇ、僕はしたくないな。どうにかならない？」

大虎は、茉莉花が言えなかった望みをあっさりくちにする。

「どうにか……」

たとえば、と茉莉花は頭の中に白い紙を広げていく。

黒槐国との戦争という点を書き入れ、そこからさかのぼっていくことにした。

——戦争をしても得にならない理由があれば、戦争をしなくてもすむ。

黒槐国の財政事情は厳しい。采青国への賠償金の支払いを渋るぐらいだ。元々珀陽は戦争をする相手としてさほど魅力を感じていないだろう。

（あともう一つ、黒槐国と戦争をしたくない大きな理由がほしい）

戦争をしても得をしない代表的な国は、友好国だ。

今の白楼国と最も仲のいい国は赤奏国である。赤奏国と戦争をしたら簡単に勝てるかもしれないけれど、しない方がいい。なぜなら、珀陽が暁月に恩を売りつけているからだ。戦争をするよりも、恩返しをしてもらう方が得をする。

――そうだ、『恩を売る』!!

戦いとは、武力で行うものばかりではない。外交も戦う手段の一つのはずだ。

（ちょうどよく、大きな恩を売る好機がある。黒の皇帝陛下誘拐事件を解決したら、大きな恩返しを期待できる。戦争よりも外交の方が旨みがあることを示せる）

『戦争』よりも『外交』。

その方針に従い、茉莉花は白い紙に未来の白楼国を描いていった。

（……やっぱり、国の欠片が散らばっているだけの落書きに近いものしか描けない）

元々、茉莉花はまだ街すら完成させていなかった。

翔景を納得させることができる完璧な未来図なんて、どうあがいても手に入らない。

（でも、これでいいのかもしれない。唯一で完璧な正答が見えないことは、今のわたしの

助けになる）

人は空白に理想を詰め込むことができる。

刺繍をする前の白い布に繊細な模様を思い浮かべたり、あと少しで咲くつぼみを見て美しい花を想像したり、無意識に『自分にとって好ましいもの』を選び取るのだ。

「翔景さん」

子星だったら、空白のない完璧な未来図をつくり、それを元に判断するだろう。けれども翔景はまだ月長城をつくっている最中だ。白楼国の未来図の空白に夢を見てくれるかもしれない。

「ここへ残ることに、五つの利点があります」

五つという言葉に、大虎が「そんなに⁉」と眼を円くする。

「一つ、黒の皇帝陛下誘拐事件を解決したら、黒槐国に大きな恩を売れます」

翔景にとってこの程度の話は想定内のはずだ。翔景は黙って頷いた。

「二つ、黒槐国に大きな恩を売ることで、戦争の必要性をなくします」

説明が省略されているけれど、翔景はきちんと茉莉花の言いたいことを理解してくれた。

今度は少し考えてから頷く。

「三つ、今の白楼国は、戦争をするかしないかの分岐点に立たされています。ここで戦争をするよりも外交で戦う方がいいとなったら、それは白楼国の『前例』になります」

翔景なら『前例』の重みを理解してくれる。茉莉花はそう確信できた。

「四つ、今後の白楼国は、この前例に従って外交で戦い、強い武力を奥の手としてもっという方針で政（まつりごと）を行うようになります」

本当にそうなるかはわからない。けれども、可能性は生まれる。

「五つ、……わたしと」

茉莉花は息を吸う。

自分の誘（さそ）いが、翔景にとって魅力的なものであってほしいと祈（いの）った。

「――外交で戦うという多くの『前例』をつくり、後世に残しませんか？」

翔景はかつて、「白楼国に『よいもの』を残したい」と茉莉花に語った。

戦争ではなく外交を選んだという前例は、いざというときに踏（ふ）みとどまれる理由になるだろう。後世の人のために残しておくべきものの一つのはずだ。

（人は簡単に戦争をしてしまう。歴史がそれを証明している）

国を守るためにしなければならない戦争がある。

その一方で、しなくてもいい戦争をするときもある。

この『前例』があれば、しなくてもいい戦争を止められるかもしれない。

（都合のいい夢だわ。でも、今のわたしと翔景さんは、未熟だからこそ夢を見られる）

茉莉花は、どうかこの手を取ってほしいと眼で強く訴える。

翔景は茉莉花の手をじっと見つめて……――かっと眼を見開いた。

「やりましょう」

両手で茉莉花の手を握り、力をこめてくる。あまりの強さに、痛みすら感じるほどだ。

「本当ですか⁉」

「貴女の唯一無二の仕事相手だと認められて、喜ばない者がいるとでも？」

「今のはそういう話でしたっけ⁉」

翔景のやる気に押された茉莉花は、なにかを間違えたかもしれないと焦る。

「駄目じゃん、翔景。情に訴えられて完全に負けてる」

「茉莉花さんからの一石五鳥の誘いに勝てる官吏がいると思うなよ」

大虎の呆れ声に、翔景は清々しいほど潔く敗北を認めた。

「これって情に訴えていたんですか⁉　というか、一石五鳥というのも……！」

――わたしは陛下のようにそこまで強欲ではない、と言おうとした茉莉花は、慌ててくちを閉じる。

言おうとした言葉が皇帝への不敬になることは、きちんとわかっていた。

茉莉花は翔景と大虎を無事味方につけた。よって、次の目標は『黒の皇帝誘拐事件の解決』である。

早速これからどう動くべきかの話し合いを始めた。

「黒の皇帝陛下誘拐事件ともなると、仁耀さまと国宝の瑠璃天目がどうでもよくなるほどの重大なものです。わたしたちのもてなしをする余裕なんて、黒槐国にはなかったでしょう」

茉莉花は昨夜、瑠璃天目が盗まれたという前提で仁耀と話をしていた。しかし仁耀は、皇帝誘拐事件についての話をしていた。

それでも会話が上手く成り立ってしまったのは、運がよかったのだろうか、それとも悪かったのだろうか。

「わたしたちを疑う人もいるようです。まずはそこからですね」

「うん。……あのさぁ、そもそも皇帝って誘拐できるものなの？」

大虎の疑問に、翔景と茉莉花はほぼ同時に答えた。

「時と場合と運だな」

「時と場合と運次第です」

翔景と茉莉花は、同じ答えを言ったけれど、思い浮かべている場面が違う。

茉莉花は、ときどき珀陽が一人で出歩いていることを知っている。もし珀陽が白虎になれない普通の人であれば……という想像をするだけで、可能だと判断できた。

「今はまだ普通の誘拐事件だと断定するのはよくない。何者かによる皇帝位の簒奪の最中という可能性もある。だが、そうではないだろうな。革命中にしては、黒曜城が静かだ」

翔景はまずそもそもの話を疑った。

この辺りのことは、仁耀から詳しい話を聞いた方がいいだろう。誘拐犯像というものをある程度まで絞りこんでおかないと、効率的な捜査はできない。

「翔景さんは黒の皇帝陛下についてなにか知っていることはありますか？　わたしは公式に記録されたものなら知っていますが、個人の趣味嗜好の話になるとなにもわからないんです」

「私は礼部にいるとき、神経質な方だという話を聞いたことがあります。あとは茉莉花さんと同じく、公式記録の知識しかありません」

その辺りのことも仁耀に聞いた方がよさそうだと考えていると、大虎が手を挙げた。

「僕は陛下からちょっと聞いたよ。『裏切ることばかりを考えている小物』だってさ。言ったのは赤の皇帝陛下らしいけれど、なかなか上手い表現だって笑ってた」

くちの悪い赤奏国の皇帝『暁月』の評価がそれならば、悪意を少し引き算したらおおよそ正しくなるだろう。

（裏切ることばかりを考えている人は、裏切られることも同じぐらい考えている。神経質というのは、ここからきているのかも。それなら気をつけないと。黒の皇帝陛下を助けても、黒の皇帝陛下自身から恨みを買う可能性もある。……ううん、黒の皇帝陛下を救出したら、黒の皇帝陛下と敵対している者の恨みは必ず買う）

黒槐国の政の勢力図がほしい。仁耀だけではなく、政に詳しい人にも味方になってほしいというないものねだりをしてしまった。

「わたしは今から礼部尚書に瑠璃天目の話をしてきますね。翔景さんに宿で瑠璃天目を見たという話をしたら、黒槐国の瑠璃天目は一つしかないと教えられたのでおかしいと思ったと言えば、誘拐事件に突然くちを出し始めるよりは自然な流れになるはずです」

大虎はいつも通り琵琶の指導を受けにいくことにする。そのつきそいは翔景に頼んだ。

茉莉花は来現のところへ自ら足を運び、不安そうな表情を見せつつ「話がある」と切り出す。

「……その男はどこに⁉」

茉莉花が瑠璃天目を宿で見かけたという話をしたら、来現は顔色を変えた。

その様子から、皇帝誘拐事件の手がかりの少なさを嫌でも察してしまう。

「どこに向かったのかは、出発が一緒にならなかったのでわかりません」

茉莉花はあくまでも『瑠璃天目が盗まれたのでは？』という設定で話を進めていく。

「瑠璃天目を手にしていた男の顔と、それからその人を叱る声を聞きました。……なにかお役に立てることがありましたら、いつでも声をかけてください」

来現は、茉莉花にどこまで話し、どこまで巻きこむべきかを迷っているだろう。

茉莉花を連れて瑠璃天目をもつ男を追えば、黒の皇帝のところまで最も早くたどり着けるかもしれない。

しかしその場合、白楼国に大きな借りをつくることになる。

「それでは失礼します」

茉莉花は穏やかに微笑んだあと、あっさり引いた。

ここですぐに話をまとめてはいけない。あくまでも黒槐国に「手伝ってください」とわざわざ言い出させなければならないのだ。

昼すぎ、黒槐国側は瑠璃天目の捜索に協力してほしいと頼んできた。

翔景は「冬虎皇子殿下の琵琶のためにきたのに……」「我々にも予定というものがある」という非常に嫌味ったらしいことを言う。そして、捜索の主導権が白楼国側にあることをはっきりさせた。

「でも、こういうことはお互いさまですからね。とりあえず、馬車と地図を用意してください。まずは瑠璃天目が目撃された宿に向かいましょう」

茉莉花たちは翔景の指示に従い、瑠璃天目が目撃された宿に急ぐ。

「七日前、わたしたちが泊まっていた日に、別のお客さまもいましたよね？」

茉莉花は、黒槐国の武官の犀興と共に宿の主人に話しかけ、宿帳を見せてもらう。どの部屋に泊まっていたのかを覚えていたので、偽名だろうけれど犯人と思われる人物の名前を手に入れた。

「汪唔想……。ご存じですか？」

犀興に尋ねると、犀興は首を横に振る。

「汪さんがどこへ向かったのかわかりますか？　汪さんになにかあったんですか？」

「首都に向かうと言っていましたよ。汪さんになにかあったんですか？」

宿の主人は、汪唔想が犯罪に巻きこまれたのだろうかと心配している。

犀興は「調査中です」と言ってごまかした。

「そうそう、汪さんの使用人は瑠璃色の碗をもっていませんでしたか？　厨房でお湯をもらっていたはずですが……」

茉莉花は宿の主人に厨房を案内してもらう。そこで働く者にもう一度瑠璃色の碗の話をすると、「たしかに見た」とはっきり言われた。

「すごく綺麗な瑠璃色の碗だったので覚えています。このぐらいの大きさで……」

「夜空の星をちりばめたような独特の輝きがありましたよね」

「そうそう！　あれは高そうな碗だなって思いました」

茉莉花が述べた瑠璃天目の特徴に、厨房の者たちが頷く。

「ここに瑠璃天目が本当にあった……」

犀興の呟きに、茉莉花はほっとした。これでこちらの証言が真実であることと、誘拐事件の目撃者でしかないということが証明されたはずだ。

「汪さんの馬車から荷物を運んだ人はいますか？」

高級な宿に泊まると、宿の人間が馬車からの荷下ろしを手伝ってくれるし、馬の様子も見てくれる。

茉莉花は汪唔想の馬車から荷物を運んだ者を教えてもらい、彼から詳しい話を聞いた。

「茉莉花さん、どうだった？」

馬車に戻れば、大虎が不安そうな顔をしている。

茉莉花は、次の段階に進めそうだと微笑んだ。

「宿の厨房にいる人が瑠璃天目を目撃していました。これでわたしたちへの疑いは晴れたと思います。犯人らしき人たちは、首都に向かうと言っていたそうです。どんな馬車に乗っていたのか、どんな顔だったのかを覚えている人がいたので、これから犀興さんたちが聞き込みにいくそうです」

馬車の中で犀輿を待っていると、すぐに目撃者が見つかったようで、首都から離れる方角へ……南へ向かったということがわかった。

「順調だね。……って冷静に思えるのは僕たちだけで、黒槐国は新しい手がかりに大歓喜って感じ」

馬車の中にいても、黒槐国の武官たちの興奮した様子が伝わってくる。

茉莉花の証言は、ようやく摑めた有力な情報になったようだ。

「犯人たちはどこかで馬車を乗り換えるはずだ。そこで上手く追えるかどうかだな」

翔景の心配は、明日へ持ち越されることになった。

二つ先の街に着いたところで夜になったので、今日の捜索は終わりとなり、皆で宿に泊まる。

同じような偶然はもうないだろうけれど、茉莉花は宿の中ですれ違う人の顔をしっかり見ておいた。

(明日の捜索も今日のように上手くいきますように)

茉莉花は、自分の部屋の前に人がいないことを確認したあと、窓辺に立つ。

「……合図は、左手で右の脇腹を押さえる」

昼間、念のために何度かしておいた仕草を、ここでもう一度行った。それから窓の鍵を開け、いつ仁耀がきてもいいようにしておく。

「お茶でも入れておこうかしら」

窓に背を向けると、ひんやりとした空気が背中を撫(な)でていった。

(ということは……)

慌てて振り返ると、窓のすぐ傍(そば)に仁耀が立っている。茉莉花の合図をいつどこで見たのかはわからないけれど、約束通りきてくれたのだ。

「ずっとわたしたちの監視(かんし)をしていたのですか?」

時々様子を見ているだけなら、茉莉花の合図の直後にくることはない。

ひやりとしたものを感じながら確認すると、仁耀はあっさり頷いた。

「華副三司使(かふくさんしし)から念のために見張っておけと言われている。お前は特に『皓(こう)茉莉花なのかどうか』を疑われたこともあったからな」

仁耀をおびき出す作戦によって、茉莉花は必要以上に警戒(けいかい)されている。それは完全に自業自得(じごうじとく)だ。

「それで、要件は?」

仁耀に促され、茉莉花は慌てて用件をくちにした。

「誘拐事件について詳しいことを教えてください。黒槐国側は事件の真相を隠し通すことにしたらしく、『国宝の瑠璃天目が盗まれた』という設定のまま捜索の協力を求めてきました。そのせいで、わたしは誘拐事件の話を聞くことができないんです」

茉莉花は、黒槐国に恩を売らなくてはならない。瑠璃天目の捜索……――誘拐された黒の皇帝の捜索の主導権を握るためにも、誘拐犯に繋がる情報はすべてほしい。

「黒の皇帝が消えたのは、七日前の夕方だ。最後に黒の皇帝の姿を目撃したのは従者たちで、そのときは皇帝の私室で椅子に座っていた」

「従者の方々は、黒の皇帝陛下を一人にしたのですか？」

「お気に入りの従者が一人ついていて、他の者は下がっていた。夕方ぐらいに、扉の前に立っている警護の武官が、皇帝の私室から物が落ちるような音を聞いている」

「皇帝の私室から物音がして、武官が中に入ったら、黒の皇帝陛下はもういなかったということですね」

なるほどと納得した茉莉花に、仁耀は「違う」と言う。

「黒の皇帝は、実に面倒な性格のようだ。怒ると物を投げるし、その音を聞いて部屋の中に入ればもっと怒る。武官たちは、いつもの音だと思って部屋に入らなかった。夕食のときに声をかけたけれど、中にいるはずの従者が反応しなかったので部屋に入り、ようやく黒の皇帝がいないことに気づいた」

物が落ちる音は日常の音になっていて、武官たちは誘拐犯に対する黒の皇帝たちの反撃の音だと思わず、そのままにしてしまった。だから誘拐が成功したのだろう。

（日頃の行いというものはとても大事だわ）

珀陽の私室で大きな物音がしたら、きっとすぐに武官が入ってくるだろう。珀陽は物に八つ当たりをするような人ではないからだ。

「武官が部屋に入れば、荒れている……というほどではないが、少し散らかっていた。絨毯にはわずかな血痕もあった」

誰かが部屋で殴られた。その事実に茉莉花はどきっとする。

「皇帝の椅子の上に『あとで連絡する』と書かれた紙があった。紙は部屋に置かれていた高級品で、皇帝の硯や墨は手付かずだった。紙以外はもちこんだものか、従者が携帯しているものを使ったのだろう」

紙は誘拐犯を特定する手がかりになる。誘拐犯はわざとその場にあるものを使ったのかもしれない。

どうやらこの誘拐犯は、誘拐というものに慣れていそうだ。

「字に特徴はありましたか？」

「随分と乱暴な字だった。特徴を隠すためにあえてそうしたんだろうな。利き手が右手だということとぐらいしかわからなかった。今のところ、犯人からの連絡はない」

少しずつ茉莉花の中で情報が組み合わさっていく。

しかし、結論を出すにはまだ早い。

「一緒にいた従者はどうなったのですか？」

「従者もいなくなっていた。黒の皇帝と共に誘拐されたのか、もしくはその従者が誘拐犯を手引きしたのか、どちらかだろう」

　皇帝の誘拐なんて、簡単に成功するものではない。黒曜城内に詳しい協力者が必要だ。

「瑠璃天目がないことに気づいたのはいつですか？」

「部屋の中を捜索したときに、瑠璃天目だけではなく、他にも掛け軸や玉でできた文鎮が消えていることに気づいた。誘拐犯の眼はよさそうだな」

　消えたのは、運びやすくて金になるものばかりだ。

だとしたら、犯人の目的は皇帝を誘拐することで、盗みはついでに行われたのだろう。目的が窃盗なら、そもそも人がいるときを狙わない。人がいないと思い込んで入ったという話なら、姿を見られたとしても、殴って皇帝を気絶させるか、殺してしまう方が楽だ。用意もなしに人を誘拐するというのはかなり難しい。

（黒の皇帝を誘拐し、首都を出て一つ目の街の宿に泊まった。少しでも遠くに行きたいはずなのに、そこまで急いでいるようには見えない。瑠璃天目と黒の皇帝陛下は別々に動いている可能性もある）

　茉莉花は色々な可能性を考え……、限界を感じた。

　誘拐事件というものに関わったことがないため、犯人がなにを考え、どこでなにをしているのかを上手く想像できないのだ。

太学の法学の授業で誘拐事件の裁判を扱ったことはあるけれど、そこで見聞きしたものは裁判のための記録である。誘拐犯を捜索するための知識と経験が、圧倒的に足りない。

「捜索を始めてからわかったことはありますか?」

「黒の皇帝が誘拐されたと同時に、武官が二人消えた。いなくなった従者と縁戚関係にある者たちだ」

「共犯の可能性がありますね。……他には?」

「ない、というのが情報だ。上手くこちらの捜査の網をすり抜けている」

武官なら、武官がどう捜索するのかもわかる。これだけの大規模捜索をしているのに見つからないのは、そういう事情もありそうだ。

「この誘拐で得をする者は誰ですか?」

「いくらでもいるだろう。だが、動きがない」

「……様子見をしているとかではなく?」

「そうだ。政のほとんどが止まっている。今のうちに進めようと言い出す者もいない」

誘拐犯からの要求がない。

黒曜城内に怪しい人物がいない。

犯人像が見えてこないこともあって、黒槐国は捜査に行き詰まっていた。

「情報、ありがとうございます」

茉莉花が頭を下げれば、仁耀はすぐに窓から出て行く。

その姿が、茉莉花の部屋の窓から出ていく珀陽にどことなく似ていた。

（叔父と甥という関係だから、似ていて当然ね）

どちらも臣下の道を選び、その頂点を目指した人だ。

しかし、途中で道が分かれた。

仁耀はそのまま禁軍中央将軍まで上り詰めることになったけれど、珀陽は皇帝にと望まれて即位することになった。

（わたしは、自分の経験からの甘い答えしか出せない）

宮女のときも、女官のときも、夢を諦めて辞めていく人がいた。

太学のときも、科挙試験後に「今年で諦めるって決めていた」と言って太学を辞めた人がいた。官吏のときも、結婚すると言って去っていった先輩がいた。

——……それは、とても寂しい。

しかたないことだと割りきって生きてきたけれど、そのときに感じたのは間違いなく寂しさだ。胸の中に隙間ができて、すうっと風が通り抜けていく。

「……仁耀さまも、……ううん、そんなわけない、か」

部外者が勝手に気持ちを読み取ろうとして、一体なんになるのか。今は黒の皇帝誘拐事件に集中すべきときだ。

翌日、茉莉花たちは再び誘拐犯らしき人物の足取りを追い始めた。

次の街でも、その次の街でも誘拐犯らしき人物を乗せた馬車を見かけたという証言が得られたので、犀興たちは喜ぶ。

しかし、その次の街で目撃証言が途絶えた。さらにその先の街でも「そんな馬車は見ていない」と言われてしまう。

「街道をはずれたのでしょう。捜索隊の存在に気づいたのなら、自然な行動です」

翔景の言葉に、大虎はため息をついた。

見つかるかもしれないと思ったら、誰でも見つからないように対策をする。

当たり前のことだけれど、そうならないことを無意識に期待してしまったのだ。

「我々は聞き込みをしてきます。なにかあればお呼びしますので、それまで馬車の中でお待ちください」

犀興たちが慌ただしく動く中、茉莉花たちはひたすらじっとしていた。

しかし、夜になっても、次の手がかりに繋がりそうな新たな証言は得られなかった。

明日も手がかりを発見できなかったら、瑠璃天目をもった男たちの追跡を断念することになるだろう。茉莉花たちは首都に戻り、帰国の準備をしなければならない。

「茉莉花さん、なにか新しい作戦はないの？　仁耀をおびき出そうとしていたときは、色々やってたよね？」

大虎は宿の部屋の暖炉の火に当たりながら、期待のまなざしを茉莉花に向ける。

茉莉花は、申し訳ないという顔をするしかなかった。

「あれは事前に準備しておいたものです。今回の誘拐事件は突然のことだったので、準備がどうしても足りません」

子星ならばこんなときでもあっという間に新しい作戦を立てるだろう。

けれども、茉莉花はそこまでの知識も応用力もない。

「わたしからすると、黒槐国の捜索隊の皆さんは本当によく考えていらっしゃるな……と」

――ここで馬車を乗り換えた。元々の馬車を壊して燃やしたのなら痕跡があるはず。徹底的に探せ。

――どこかで身を隠していたとしても、いざというときにすぐ移動できるところを選ぶだろう。山奥には向かわない。ほとんどの山道は一本道だ。すれ違う人が少ないせいで顔をしっかり覚えられてしまう。だが、大きな街……軍人があっという間に駆けつけてくるようなところも駄目だ。

——検問を日に日に厳しくしている。突破は難しいだろう。手がかりさえあれば、どこで足踏みしているのかはっきりする。

一緒にきている武官の犀興は、あくまでも瑠璃天目の捜索という形をとっていたけれど、実際は誘拐事件の捜査をしている。

茉莉花は、彼らの話になるほどと頷いてばかりいた。

「じゃあ翔景はなんかない？」

「私は誘拐事件の捜査をしたことがない。裁判記録を見たことはあるが、それだけだ。逃亡した官吏の捜索なら任せてもらってもいいけれどな」

大虎にとっていつも頼りになる文官二人が「お手上げ」と言っている状況である。大虎はあまりにも珍しい事態に驚いてしまった。

「なんかほら、前に茉莉花さんたちが街をつくるとか言っていたよね？　そういうのでなんとかできないわけ？」

「え？　わたし、大虎さんにその話をしましたっけ……？」

茉莉花が記憶にないような……と首をかしげたら、翔景が手を伸ばして大虎の頭を思いっきり摑み、無理やり横を向かせた。

「記憶違いだろう。お前にその話をしたのは私だ」

「そっ、そうだった！　そうだった！」

翔景は「間違えちゃった」と笑う大虎から手を離し、ため息をつく。

「わたしが街をつくれたとしても、『誘拐犯』という特異な人物の動きがわたしの中にないので、上手く動かせないと思います」

茉莉花の言葉に、大虎はそういうものなのかと納得してくれた。

「誘拐事件の解決は武官の仕事なんだね。うちの武官はなにか言ってた？」

「今のところ、黒槐国の捜査に問題があるようには見えないとのことです」

茉莉花が武官に聞いた話を大虎に教えると、大虎はお手上げだと嘆く。

（どうしよう。このままではなにもできずに白楼国へ帰ることになる）

茉莉花は『力足らずだった』で終わりたくない。絶対に逃したくないものがそこにあるのだ。

（ほしいものがあるのなら、手段を選んではいられない）

今の自分は『善良なただの官吏』という枠内にいる。

絶対に逃したくないものは、この枠内にいる間は掴み取れない。

ついに枠の外へ足を踏み出さなければならなくなったことに、ぞくりと震えた。

（わたしはそもそも善良な人間ではなかった。枠からはみ出すことをただ恐れていただけ。枠内にいれば誰にも責められないから）

枠の外に出れば、成功しても失敗しても、必ず非難（ひなん）される。

なにかに立ち向かうことが苦手な自分にとって、枠内にいることはとても楽だった。

（禁色を使った小物を頂いたときに、『ただの官吏』の道に進めなくなったことはわかっていた。それでも……あと少しだけ時間がほしかったのかもしれない）

ここからは出世することで妬（ねた）みを買い、出世しなくても責められる。ずっと理不尽（りふじん）な道が続いていく。

（皆から認められたいという夢は叶わない。わたしを認められない人を切り捨てることもきっとある）

――いつの間にか、こんなところにきていた。

いつも切り捨てられる側にいたのに、人を見上げてばかりいたのに、今は見上げられる場所に立っている。

――でも、切り捨てることに慣れたくはない。

どんなときも恐れを抱きながら進みたい。ありがたいことに、それでいいと言ってくれる人が何人もいる。

「翔景さん」

ここには、なにかあったら的確な判断を下せる人がいる。一日だけ単独行動をしても、どうにかしてくれるだろう。

「時間がほしいんです。明日、大虎さんをお任せしてもいいですか？」

茉莉花の頼みに、翔景は迷うことなく頷いた。

「部屋に？　それとも外へ？」

「外に行くつもりです」

「わかりました。疲れが出てしまったと言えば、宿で一日ゆっくりしていても不自然ではないでしょう。あとのことは任せてください」

茉莉花の頼みに、翔景はすべてを察したような返事をする。

その翔景の横で、大虎は「待って！」と慌てた。

「どういうこと？　なにをするの？」

大虎の質問に、翔景が簡潔に答える。

「茉莉花さんが本気を出すということだ」

「え？　今までは本気じゃなかったってこと？」

「これまでも白楼国の官吏として本気だったはずだ。……ただの官吏という範囲内で、手段を選んでいる『本気』だっただろうがな」

茉莉花には「官吏としてすべきだ」「官吏としてしてはならない」「人としてすべきだ」「人としてしてはならない」という線引きがある。

それは「できる」「できない」という線引きと、いつだって一致していなかった。

茉莉花(まつりか)は自分の部屋に戻り、窓を開けてその前に立つ。右の脇腹を手で押さえ、会いたいという合図を仁耀(じんよう)に送った。

しばらくそのまま待ってみたけれど反応がなかったので、諦めて窓を閉じる。くるりと背を向けて窓から視線を離した瞬間(しゅんかん)、ひやりとした空気が背中を撫でた。

「仁耀さま……」

振り返れば窓のところに仁耀がいた。

(……やっぱり、怖(こわ)いな)

仁耀は、茉莉花を殺したくなったらいつでも殺せる。今はこちらに利用価値があるから殺さないだけだ。

「帰国することになりそうだな。同盟はここで終了(しゅうりょう)だ」

仁耀の目的は、茉莉花たちを帰国させることと、黒の皇帝の情報を手に入れること。

二つの目的のうち、黒の皇帝の情報を手に入れる方が重要だったため、茉莉花たちの帰国の延期に同意してくれた。けれども、黒の皇帝の情報が手に入らないのなら、どんな手を使っても帰らせようとするだろう。

「もう少しだけ同盟を続けてくれませんか？」

「断る」

「……わかりました。それでは、冬虎皇子殿下には先に帰ってもらい、わたしだけ黒槐国に残ろうと思います」

自分の身の安全が脅しに使えるかもしれないなんて、不思議な感覚だ。

でも今は、交渉に使えるものは徹底的に使わなければならない。

「……同盟を続けてどうするつもりだ？」

この反応ならまだ交渉の余地がある。

茉莉花はそう判断し、なにをするつもりなのかを告げた。

「誘拐犯の気持ちを知りたいんです。仁耀さまは元武官で、誘拐事件の捜査にも詳しいはず。どうかわたしに誘拐犯の気持ちを教えてください。最後の悪あがきをしたいんです」

茉莉花は、仁耀の瞳をじっと見つめた。

（感情がここまで読めない人も珍しい）

感情というものは、表情以外にもこめられている。

たとえば返事をするとき、すぐの返事なのか、ためらいがある返事なのかで、こめられている感情が異なる。

茉莉花にとっては、表情を変えないことはそう難しくない。だからいつもとっさに出てので不安だ。

相手の感情を読んで、先回りして、嫌われないようにする。いつものやり方ができない

（仁耀さまはわたしと話すときに、視線一つ動かさない）

しまう行動の方もよく見るようにしていた。

「本当ですか!?」

「……いいだろう」

茉莉花の予想に反して、嬉しい返事がもらえる。

驚きながらも「ありがとうございます」と頭を下げた。

「どう教えればいい？　教本がほしいのか？　まとめたものを書いておけばいいのか？」

仁耀の質問に、茉莉花は首を横に振った。

知識と経験、本当はどちらも丁寧に学ぶべきだろう。しかし今はそんな余裕がない。

「貴方に、わたしを誘拐してほしいんです」

体験して学びたいのだと、茉莉花は仁耀に訴えた。

茉莉花は「早朝の薄暗い時間にきてほしい」と仁耀に頼んだ。状況を黒の皇帝が誘拐さ

れた夕方にできる限り似せたかったのだ。

「……警備の武官がいないな。なにかしたのか？」

仁耀は茉莉花の部屋に入った途端、周囲を警戒し始める。

茉莉花は、その必要がないことを教えた。

「武官を翔景さんの部屋に集め、今後の話し合いをしてもらっています」

警護の武官は交代で宿の見張りをしているし、定期的に茉莉花たちの部屋へきて声をかけてくれる。

今回は、翔景が武官の代わりに看病という名目でときどき茉莉花の部屋に入り、そして茉莉花がいるような演技をしてくれることになっていた。

「まずは誘拐犯が個人的な恨みをもっていた場合です。憎しみをこめてわたしを誘拐してください」

「手荒になるが、それでもいいか？」

「……ほどほどでよろしくお願いします。手荒になる部分は補足説明をしてください」

茉莉花は窓の近くに椅子を置き、そこで書物を読んでいるふりをする。

ひやりとした空気が入ってきたので、ふと窓を見た。しかし、窓に異常はない。

おかしいなと首を傾げるふりをしたら、仁耀は既に茉莉花の背後に回っていて、その手で茉莉花のくちを覆った。

(……!?)

姿を一度も捉えていないのに、もう捕まっている。

驚いているうちに身体が無理やり椅子から離され、くちを覆っていない方の手で首を摑まれた。

「ここで意識を落とす」

茉莉花は慌てて頷く。そして意識を失っているふりをするために力を抜いた。

仁耀は茉莉花を肩に担ぐと、窓から出ていく。そして足早に、あっという間に宿の裏へ回った。

「このあとは馬車の荷台に転がし、縄で縛る。木箱に入れて釘を打ちつけて出られないようにする」

「恨みをこめて金槌を振ってみてください」

ここに金槌はないけれど、やってみてほしい。

茉莉花の要望に応え、仁耀は手をしっかり握ったあと、茉莉花の顔の横に振り下ろした。

何度も繰り返される動作に迷いはない。太鼓を叩いているときのような心の弾みが伝わってきた。

(復讐の成功を心から喜んでいる。このあとのわたしの絶望を想像しているみたい)

笑い出しそうな仁耀の様子に、茉莉花はなるほどと思った。

「では一旦戻りましょう。また別の……頭の中で誘拐の妄想をよくしていたけれど、本当にするつもりはなくて、でもできそうな場面に遭遇して誘惑に負け、偶然にも誘拐に成功してしまったときのつもりでお願いします」

茉莉花は部屋に戻り、また椅子に座る。

仁耀は茉莉花の要望に応え、偶然にも妄想が現実になってしまった人になりきり、茉莉花の意識を奪うふりをした。茉莉花を担いで外に出て、馬車に転がすふりをしたところまでは迷いなく動いていたのだが、ここにきてなぜか手を震わせる。

「……っ」

仁耀は突然我に返ったかのように眼を見開いた。

左右を見て、息を荒くしたあと、深呼吸を繰り返す。そして、覚悟を決めたかのように茉莉花を見た。

（誘拐犯は踏みとどまるかどうかを迷った。でも、ここまでやったからにはやり遂げなければならないと、意識を切り替えた）

だからといって、誘拐犯は迷いを完全に消したわけではない。これからもどうしてこんなことをしてしまったのかという罪悪感と戦い続けるのだ。

「今度は身代金目当てで攫ってください。仕事だと割りきって、まったく罪悪感のない人のつもりで」

仁耀は迷いのない動きで茉莉花を攫い、馬車まで連れて行く。

そこで一息ついた。その姿は「まだこれからが本番だぞ」と気合を入れ直しているようにも見える。きっとこの男は、最後まで油断をしない。

「金日当てではなく、黒槐国になにかの要求があって誘拐した場合をお願いします」

茉莉花を誘拐する仁耀の手には力がこもっていた。追い詰められていることがわかるこの表情は、あまりにも危うい。茉莉花がここでうっかり眼を覚ましたら、手加減せずに殴るだろう。

「次は……」

茉莉花は思いつく限りの可能性をくちにし、仁耀にやってもらう。

(仁耀さまはすごい人だわ……!)

茉莉花の細かい要求に、仁耀はいとも簡単に応えた。

仁耀の動きのひとつひとつにほしかった情報が詰まっている。茉莉花は必死にその意味を考え続けた。

「今度は街道を進み、宿に着くところまでをやってみてください」

馬車を動かすと目立つので、馬で移動してもらう。馬は白楼国の武官の馬をこっそり借りた。今日は待機で馬を使う予定がなく、そして翔景が「黒槐国に貸す」と言ってくれているので、問題はない。

（いえ、問題はあるのだけれど……！）

白楼国が所有する馬を、私的なことに使う。これは処罰を受けなければならないことだ。すべてが上手くいったら『禁色の小物をもつ官吏の判断』で押し通せるだろうけれど、上手くいかなかったら情けない言い訳にしかならない。

「個人的な恨みがあったつもりでわたしを連れて移動してください」

馬は街道を勢いよく進む。これから先のことを楽しみにしている仁耀は、うしろに載せている茉莉花を確認することはない。頭の中で茉莉花になにをしようかと、最高の時間を過ごしている。

「本当は誘拐するつもりがなかった場合でお願いします」

仁耀はときどき振り返り、茉莉花をちらちらと見た。

手綱を摑む手に力をこめたり、ふっと力を失ったりする。

「身代金目当てで攫ったときをお願いします」

仁耀は西の空を見て、天気を確認した。そしてすれ違う人を眼で追うこともあった。慣れた様子からすると、いつもの手順というものがあるのだろう。

「次は……」

次の街に着くまで、茉莉花は仁耀に色々な誘拐犯を演じてもらう。

街に出入りするところもあれこれやってみたいけれど、さすがに何度も行き来すると目立つので、街を少し通り過ぎて街道をはずれたところで、街があるつもりでやってもらうことにした。

仁耀にとっての晧茉莉花は、才能だけで文官になったとても珍しい女性である。

かつて仁耀は、女性武官を部下にしたこともあったけれど、彼女たちは完全に男で、女を意識させることはなかった。知り合いの女性文官も似たようなものだ。

——しかし、晧茉莉花だけは違う。

女性のまま官吏をしている彼女は異質な存在だ。だからこそ珀陽が認め、才能を開花させようとしているのだろう。

「次は誘拐するつもりがなかったときです。わたしを宿の部屋に押しこんでください」

仁耀は、茉莉花の要求に従い、宿の部屋にいるつもりで動く。

おびえている茉莉花を見て思わず息を呑んだあと、同情している場合ではないと首を横に振った。それから、部屋を出るために扉を開ける。

「……あ、仁耀さま。そこは扉に軽く手をかけたあと、ためらいがちに振り返るところではありませんか？」

茉莉花の言葉に驚いた仁耀は、演技ではなく本気で振り向いた。

「わたしの姿を改めて見てから、迷いを振りきるように力をこめて扉を引くんです。勢いがつきすぎたせいで、扉を閉めるときに大きな音を立ててしまい、そのことに驚いておかないと」

ふわりとした声での指摘は、やけに具体的だったけれど、なにも間違っていない。自分のしたことにおびえている人間は、ちょっとの音でも過剰な反応をしてしまう。

「ため息の回数を増やしてもいいかもしれませんね」

こんな状況なのに、茉莉花は穏やかに微笑んでいる。それに気持ち悪さを感じてしまった。

（どこかで……見たことがあるような）

記憶を探っていると、茉莉花が「次にいきましょう」と言う。

「次は身代金目当ての場合です」

仁耀はすぐに意識を切り替えた。誘拐を仕事にしている者は、誘拐してきた人間を人間として認識しておらず、商品として見ている。

「抵抗しても無駄だ。おとなしくしていろ」

仁耀は縛られたふりをしている茉莉花にそう言い放ち、部屋を出ようとした。

「……あ、『商品』に大きな傷がないかを確認しなくてもいいのですか？」

茉莉花の呟きに、仁耀は動きを止める。

「交渉が上手くいかなかったら、わたしを遠くに売り飛ばしますよね？」

あくまでも交渉が上手くいくつもりで行動していた仁耀は、言葉に詰まってしまう。

『誘拐』という商売が成り立つのは、相手が金持ちの場合だけだ。金持ちの場合であっても、身代金を払いたくないと家族に言われたら、そこで交渉決裂する。誘拐してきた人間を殺して終わりにしてもいいけれど、どうせなら多少の金を手にする方を選びたい。

（たしかに、その通りだが……）

わたしを誘拐してくださいと言い出したときの茉莉花は、仁耀がなにをしても驚いていた。誘拐犯はそういう考え方をするのかと、いちいち感心していた。

それなのに——……昼ごろから驚かなくなり、昼をすぎた今は、こちらの演技に物足りなさを感じ始めている。

——一体、いつ、どこで学んでいるのか。

まさか朝から今までの間に、自分の武官としての一生分の経験をもう吸収したとでもいうのだろうか。

（そんなことが可能なのか……？）

覚えることを得意とする武官はたくさんいた。

しかし、覚えたことをその場で理解し、次からすべて活用できる者はいなかった。

「誘拐犯は攫ってきた人を売り飛ばすことも考えなければならないので、攫ってきた人の顔をもっと観察しますよね。女であれば顔次第で売る場所が変わりますから。……部屋に入るところからやり直しましょう」

仁耀は茉莉花の頼みに頷き、言われた通りに『商品』を確認する。

「見るだけではなく、どこに売るのかも決めたという顔をしてもらってもいいですか？」

売り飛ばす先を決めるために顔を見たのだ。見ただけでは不自然である。

（その通りだが……これは、どういうことだ？）

仁耀は教えている側だったはずなのに、いつの間にか教えられる側になっていた。

自然にじわじわと、茉莉花と立ち位置が入れ替わっていたことに、どうして今まで気づかなかったのか。

──気持ち悪い。

この女の薄い皮の下に、得体の知れないなにかがいる。

（私はこの感覚を知っている。……この女の中身を知っている）

誘拐犯と誘拐された人物。

教える側と教えられる側。

そんな関係であるはずなのに、茉莉花がこの場にふさわしくない穏やかな微笑みを浮かべながら、ゆっくりくちを開く。

「身代金目当ての場合は、このぐらいにしておきましょうか」

つくられた笑顔の裏にある本音。

ああではないのか、こうではないのか、もう一度頼む……そんなことを言っていた教えられる側が『この程度なのか』と自分を見限る瞬間、それがついにきてしまった。


――珀陽……⁉


ようやく、茉莉花が誰に似ているのかわかった。

そして、気持ち悪さの正体もわかった。

自分になくてよくわからないもの……天賦の才というものは、きらきら輝くだけの美しいものではない。どろりと濁った沼のようなものだ。

「……人は、決まった思考をするわけではない。例外もあるぞ」

仁耀は思わず忠告めいたことを……いや、言いがかりのようなものをくちにしてしまう。

自分の目的を達成するためだけの一時的な協力関係でしかない相手に、必要以上に関わろうとするなんてあまりにも馬鹿げている。それでも言わずにはいられなかった。

「はい。あとから例外を確認しますね」

「例外……？」

茉莉花の言っていることがよくわからない。

聞き返せば、当たり前だという顔で説明してくれる。

「大きな根を書いたら、途中で分岐していった小さな可能性を一つずつたどっていきます。それでも見過ごしはありますが、人の手を借りたり、もう一度確認したりして、これからの自分の『毎日』を足していけば、より正確な分岐になるはずです」

茉莉花の説明は、かなり抽象的だった。

難解な思想書を読まされている気分になりながらも、単語を拾っていくことでなんとか理解する。

「毎日を足す……？」

茉莉花の言いたいことはわかる。誰だって、学んだことに経験を重ねていき、よりよいものにしていくだろう。

けれども、ここまではっきり細かく「毎日を足す」と言いきれる者は、どれぐらいいるのだろうか。

（いや、いないわけではない。言いそうな男が他にも……）

このあと、珀陽ならこう言う。「君はやらないの？」と、心底不思議そうに。

「仁耀さまはしないのですか？」

──科挙試験？　これまでしてきた勉強に足りないものを毎日積み重ねていくだけだよ。武科挙試験だって同じ。明日受けろと言われたら落ちるけれど、毎日やれば誰だってこんなものできるようになるって。

自分とは明らかに見えているものが違った。感覚も違った。

努力ではどうにもできない天賦の才というものを、天才は残酷なほど無邪気に突きつけてくる。貴方も同じだろうと、あまりにも透き通った瞳で見てくる。

「……お前は、珀陽と同じものが見えるのか？」

自分には見えなかったものを、天賦の才をもつ者はいとも簡単に見てしまう。

どうして、自分には見えないのか。

どうして、その気持ちを理解できないのか……。

「いいえ、陛下と同じものは絶対に見えません。別の人間ですから」

仁耀は「はい」という答えを待っていた。

しかし、茉莉花は真逆の答えをくちにする。

「別の人間……だと？」

「わたしと陛下は、身分も育ち方も違います。だから考え方も受け取り方も違います。この先、どれだけ努力しても、陛下とわたしは同じものを見ることができないでしょう」

天才が不可能だと言いきった。

貴方には見えないのですか、という残酷な言葉を覚悟していたからこそ驚く。

「そのために、声と言葉と文字と身体があるんだと思います。わからなければ『なにが見えているのか？』と尋ねることができます。答えを教えてもらうこともできます。一度で理解できなくても『どうして？』と聞き返すこともできます」

わからなかったら聞く。理解しようと努力する。

当たり前のことなのに、今はなぜか当たり前に思えなかった。

「お前にもわからないことがあるのか？」

「たくさんあります。仁耀さまの考えていらっしゃることは、今も昔も一つもわかりません。……でも、玉霞さんを心配してくださったことだけは伝わりました。もしかしたら心配とは別の感情かもしれませんが、わたしはそう受け止めています」

天才は自分と違うところで、違うものを見ている。そうに違いない。

しかし、天才という枠組みに押しこんだはずの相手が、自分と同じ場所にいる。

それは足下が崩れるような感覚だ。

——気持ち悪い。

また同じことを感じながらも、今度は違う想いを含んでいた。

天才はやはり自分にとって理解できない存在だけれど、こうして同じことを考える人間でもあるのだ。

「心配……とは違うな。あれは、身勝手な罪悪感だ」

仁耀の訂正に、茉莉花がふっと笑った。

「罪悪感からなにかしたいと思ったのなら、それはもう『心配』と呼べるものですよ」

茉莉花のあまりにも善良な考え方に、笑ってしまいそうになる。

かつてはこういう若者をよく可愛がっていた。いずれこの善良さが失われてしまうかもしれないけれど、どこかには残しておいてほしいと祈っていたのだ。

「玉霞さんは、結婚退職しても復帰できるという新しい制度の前例になりました。今は新しい目標に向かってがんばっています」

その話は珀陽から聞いていた。けれど、心への響き方はあのときとは違う。

（そうか……。よかった）

彼女は救われていた。この眼の前の善良な人間によって。

「わたし、少しだけですが、仁耀さまのことがわかって嬉しいです」

茉莉花の無邪気な笑い方が珀陽に似ていて、やはりどこかが気持ち悪かった。

けれども、善良な人間であることもわかっていたから、どこかで安心することもできた。

だから、つい、本当にうっかりくちを滑らせてしまう。

「一つぐらいなら答えよう」

なんでも教えてやると言えば、若者の顔が輝く。その瞬間が好きだった。ここにきて、また見たくなったのだ。

そして、その輝きをやはり茉莉花も見せてくれた。

「本当ですか⁉　わたし、ずっと仁耀さまに訊きたいことがあって……！」

仁耀と茉莉花の間に接点はない。珀陽を襲ったときに初めて顔を合わせたという程度の、限りなく他人に近い関係だ。

だとしたら、おそらく聞きたいことは……。

「なぜ陛下を裏切ったのですか？」

茉莉花は迷うことなくたった一つの質問をぶつけてくる。

大人の嘘でごまかしたくはなかった。正直な想いの欠片を、なんとか声にのせる。

「恐ろしかったからだ」

色々な感情をこめた答えを、茉莉花はゆっくりと呑みこんでいった。

「……わかります」

茉莉花からぽろりとこぼれた言葉は、きっと彼女の本心だ。

親しみをもてる者に出会えたときのような、ほっとした響きがある。

「お前でも珀陽を恐ろしく思うのか？」

「はい」

天才の考えることは、本当にわからない。

自分の予想通りの反応がちっとも返ってこないので、逆に面白くなってきた。

「いつだって陛下に期待されていることが伝わってきます。応えられるのかどうか、いつも不安です。見限られる日がくるかもしれないことを恐れています」

——期待に応えられなくても、精いっぱいやったのなら次に繋がる。失敗を恐れるな。

きっと数年前の自分なら、不安になっている若者をこう励ましただろう。

（そうか、天才でも天才が恐ろしいのか……）

だとしたら、珀陽にも恐ろしく思うものがあったのかもしれない。

今更すぎるけれど、尋ねておけばもしかしたら……と考えそうになった。


仁耀に協力してもらい、茉莉花は様々な可能性について考えていく。

——「ない」、「ある」、「再検討」。

小さな可能性に印をつけていくと、不思議な図ができた。

（黒の皇帝陛下誘拐事件……。誰がどんな目的で行ったことなのか、手がかりがなにもなかった。唯一の手がかりは、わたしが見た瑠璃天目だけ）

誘拐犯は目撃されることなく黒曜城(こくようじょう)から脱出(だっしゅつ)し、そして高級な宿に泊まって瑠璃天目の碗を日常使いのもののように扱い、大規模な捜索隊を上手くすり抜けている。

運や偶然を足して考えてみても、これらをすべて満たす答えがどうしても見つからない。

そもそも存在していないのではないかという疑問すら生まれた。

白紙に新しい『答え』をつくり、それを遠くから見てみると、前提から違う。

「仁耀さま、もしかしたらですが……」

どんなにくだらないことでも、情報は情報だ。

茉莉花は、仁耀へ真っ先に情報を渡(わた)すという約束を守らなければならない。

「――これは本当に『誘拐』だったのでしょうか」

馬鹿馬鹿しいことを言うな、と仁耀に切り捨てられることを覚悟した上でそう告げた。

「わたしには、黒の皇帝陛下が自ら逃(に)げ出したように思えます。これはまだ小さな可能性の一つにすぎないのですが……」

言い訳のようなものをくちにすると、仁耀はようやく言葉を放った。

「どうしてそう思った？」

仁耀は、茉莉花の話を聞こうとしてくれている。

茉莉花はそのことにほっとして、誘拐ではない可能性についての説明を始めた。

「本当に誘拐されていた場合ですが、大きく二つに分けられます。一つ目は、黒槐国(こくかいこく)のそれなりの地位にいる者による大掛かりな計画の場合。従者の手引きはこの計画に含まれています。二つ目は、偶然と運のよさでうっかり上手くいってしまった場合です」

茉莉花は指を一つ立てる。

「一つ目の場合、要求は金ではありません。金がほしいのなら、瑠璃天目を盗むだけでいいんです。金目当てではない誘拐なら、政治的な要求があるはず。なのに、要求はありませんでした。では、個人的な恨みがあって攫い、酷い目に遭わせる場合です。瑠璃天目を盗んだのは、金目当てだと誤解させて捜査を混乱させるという目的があったとしても、瑠璃天目の扱い方があまりにも雑です。宿で軽率に使ったら目撃されてしまいます」

「なるほど。では、二つ目の場合は？」

「二つ目の場合は、そこまでの覚悟がありません。大変なことをしてしまったと自覚したら、もっと急ぎます。宿に泊まらず、夜の間も街道を走り続けるでしょう」

黒の皇帝が誘拐された、という過程をすると、どれもどこかが妙なのだ。

瑠璃天目を盗んだのはなぜか。

瑠璃天目を雑に扱ったのはなぜか。

首都の一つ先の街の宿に泊まるというのんびりとした動きなのはなぜか。

この辺りの幾つかの謎を同時に満たす答えは、『誘拐』にはなかった。

「身の危険を感じて自ら逃げ出したのなら、誘拐よりは納得できます」

茉莉花は、黒の皇帝の私室を守る武官の証言は、間違っていないけれど真実でもないかもしれないという疑惑を抱いている。

「黒の皇帝陛下がいつものように荒れていたという武官の判断は、やはり正しかったのではないでしょうか」

黒の皇帝は、なにかの理由で逃げ出そうとした。従者と武官が逃亡を手助けしたため、人目につくことなく黒曜城を出ることができた。

皇帝が自らの意思で逃亡しているのだとしても、従者は皇帝に無理をさせられないだろう。だから夜の街道を進むのではなく、次の街で一泊することにしたのだ。

(だとすると、あの叱る声は……)

使用人なのに値段の高そうな服を着ていたのは、皇帝に仕えている従者だったから。

瑠璃天目をもち出したのは、皇帝の愛用の品だったから。

他の細々とした高価なものをもっていったのは、万が一のときの路銀にするため。

毒味用の銀の器を使えと命じていたのは、感情的に叱っていたのは、身の危険を感じていたから。

(奥の部屋にいたのは、黒の皇帝陛下だったのかもしれない)

茉莉花が一度でも黒の皇帝と会っていれば、話はもっと早く進んでいただろう。

「……なるほど。あとで連絡すると書かれた紙については?」

「従者が残したものでしょう。黒の皇帝陛下の眼を盗んで急いで書いたのなら、かなり乱暴な字になってしまうはずです。血痕は……従者に不幸なことがあったのかもしれませんね。ものをぶつけられて怪我をした、とか」

従者は大きな騒ぎにするつもりはまったくなくて、皇帝のわがままにちょっとつきあうぐらいの軽い気持ちでいたのかもしれない。

しかし、急いでいたために言葉が足りず、伝えたかったことがまったく伝わらなかったのだろう。

「これはすべてただの推測です。仁耀さまは『ありえるかもしれない』と言えますか？」

そんなことはありえないと仁耀が言うのなら、都合のいい想像をしてしまったで終わる。

茉莉花は、仁耀の表情や動きに注目した。

「黒の皇帝は、被害妄想の強い男だ。ありもしない『なにか』におびえて逃げてもおかしくない」

仁耀の眼が細められる。考えることに集中しているのだろう。嘘をつく余裕はなさそうだ。

「ここ最近の黒の皇帝は、皇太子をよく疑っていた。『あいつは私を殺そうとしている』と叫んだこともあったらしい。黙っていれば皇帝になれる皇太子が、父親を殺すという面倒なことをするわけがないだろうに」

仮説を裏付けるような裏事情に、茉莉花はどう反応していいのかわからなかった。なにを言っても不敬になりそうなので、ここは黙っておく。

「最終的に誘拐だと判断したのは、黒曜城でなにも起きなかったからだ。黒の皇帝を殺したいのならその場で殺せばいいし、政治的に利用するつもりなら黒曜城でなにかが起きなくてはならない。たとえば革命とか、もっと穏やかな話なら、黒の皇帝がいない間に反対されていた政策を進めておくとかな」

最初は誰だって黒曜城内に犯人がいると思い、互いに疑った。

しかし、誰も動かなかった。

そのときようやく「これは外部犯による誘拐ではないだろうか」という話になったのだ。

「明日、犀興に言ってみろ。犀興が納得しないのなら、こちらから上手く説得する。誘拐犯と逃亡犯の動き方は違う。誘拐ではないのなら、方針を変えなければならない」

「はい。よろしくお願いします」

これから一気に忙しくなりそうだ。予定通りに帰国できたら嬉しいけれど、こればかりはやってみないとわからない。

「同盟はここで、……いや、黒の皇帝が見つかった時点で解消する」

「……わかりました」

やはり、黒の皇帝の居場所を知ることが、仁耀にとって一番大事な目的のようだ。

（黒の皇帝陛下が見つかったら終わりという話にはならない。……気をつけないと）

茉莉花は仁耀と共に宿に戻り、仁耀が小石を投げて見回りの武官を引きつけている間に宿の中へ入る。

「あ、茉莉花さん⁉」

「少し外の空気を吸いたくて」

廊下に大虎と武官がいた。外から帰ってきたのではなく、今から外に行こうとしているところですよという顔をしておく。

馬に乗っていたせいで疲れた顔をしているし、具合が悪いという嘘もそれらしくなっているはずだ。

「あまり出歩かない方がいいよ」

「そうですね。外を歩きたかったのですが、足下がふらつくのでやめておきます」

武官が部屋まで送りますと言ってくれたので、茉莉花はお願いしますと頼む。武官が前を見ているのを確認してからそっと振り返り、声を出さずにくちびるを動かして「部屋に」と大虎へ伝えた。

大虎もそれだけでわかったと頷いてくれた。

第五章

　茉莉花は自分の部屋で翔景と大虎に今日の出来事を報告した。

　そもそも誘拐ではない可能性があるという話をすると、大虎は「そこから違うの⁉」と驚き、翔景はため息をつく。

「自国の事件なら、そこからの話ができたでしょう。ここは異国で、言われたことを信じるところから始めるしかありません」

　翔景はすぐに頭を切り替えたようだ。茉莉花の部屋に置いてある地図を広げ、黒曜城をじっと見つめた。

「黒の皇帝陛下は危険を感じた。逃げなければならなくなった。見つかりたくない。……間違いなく国外に向かいますね。足跡を追えた最後の場所、そしてそこから行ける異国だと、治安のよさから白楼国を選ぶでしょう。しかし、途中で捜索隊のことを知り、街道を避けた」

　翔景は地図上に置いた指を動かし、可能性を示していく。

「誘拐を前提に捜索しているのなら、『縛られている人がいる』『馬車の中に人を隠せるような包みか木箱がある』というところばかりを見ているはずです。なら、黒の皇帝陛下は堂々と馬車の中に座っていればいい。逆に見つかりません」

「そうだけれど、顔を見たらすぐにわかるって」

それは甘すぎじゃない？　と大虎が翔景に反論する。

「黒の皇帝陛下の顔を見て皇帝だとわかる者は、そう多くない。顔を知っている者は大きな街道や関所へ優先的に配置されているはずだ。大きな街道を避ければ、運次第で関所まで行ける」

黒の皇帝たちは運にも助けられたのだろう。しかし、黒の皇帝を本気で心配している捜索隊にとってはとても迷惑な幸運だ。

「関所はどう突破するつもり？」

「簡単だ。そこだけ徒歩で通ればいい」

「徒歩!?」

茉莉花は、翔景があっさり出した答えに驚き、すぐに納得した。

翔景はわからないという顔をしている大虎のために、詳しく説明する。

「『縛られている人』もしくは『人を隠せる包みか木箱』を運ぶのなら、馬車か馬のどちらかが必要になる。関所の兵士はその二つを見逃さないようにしろと命じられているから、歩いている旅人には注意を払わないはずだ。夕方を狙えば顔も見えにくくなるし、呼び止められることはまずないだろう」

茉莉花は翔景の説明に補足した。

「黒の皇帝陛下を守っている武官は、関所を通る前に兵士たちの様子をじっくり観察するはずです。徒歩の人が無警戒で通されていることに気づくのは難しくないでしょう」

大きな街道は通れないから、遠回りをしなければならない。

関所は夕方を狙えば通過できる。

この九日間の天候も踏まえると……と翔景が地図に置いた指を滑らせていく。

「明日の早朝に出発です。国境を越えたところで追いつけるかもしれません」

誘拐ではないという可能性は、茉莉花たちだけでも確かめることができる。やはり誘拐だとなったときは、黒槐国にすべてを任せて帰国するだけの話だ。

「それでは、また明日」

これからの方針が決まったので、翔景は立ち上がった。

茉莉花は、翔景が部屋から出ていくのを見送ったあと、大虎の袖をそっと引く。

「大虎さん、あの……」

「どうかした?」

大虎に聞いてもいいことなのかを迷いながらも、結局はくちを開いた。

「……仁耀さまは、どんな方ですか?」

茉莉花にとっての仁耀は、元皇子で、かつて禁軍中央将軍を務めていた人物である。経歴は知っているけれど、その人となりについてはほとんど知らない。

「いわゆる立派な人だよね」

「立派……。それはお仕事ができて人格者だという意味でいいのですか？」

「そうそう。なんでもできる人で、僕にもよく声をかけてくれた。……陛下を可愛がっていたよ、すごくね。だから裏切ったって話を初めて聞いたとき、びっくりした」

大虎の話を聞くと、なるほどというよりも、なぜという想いの方が強くなる。

「仁耀がどうかしたの？」

大虎は茉莉花の顔を覗きこんだあと、声を立てて笑った。

「ごめん、仁耀はあの日からずっとどうかしているか。なにか気になることでも？」

大虎は仁耀について、本当はあまり触れたくないはずだ。

けれどもそんな様子を見せずに、茉莉花になんでも聞いてという態度で接してくれる。

……今だけ、それに甘えよう。

「仁耀さまが、一度はわたしとの同盟を終了させようとしたんです。けれども、思い直して『黒の皇帝陛下が見つかった時点で解消する』と言い直しました」

「まだどうなるかわからないからじゃない？」

「はい。仁耀さまは、誰よりも早く黒の皇帝陛下を見つけ出したいみたいです。なぜかはわかりませんが……」

茉莉花たちは、黒槐国に恩を売りたいだけなので、黒の皇帝がどこにいるかを推測してその通りになれば充分だ。

しかし、仁耀は最初から、そして今も、黒の皇帝を最も早く見つけたがっていた。

「仁耀の考えていることはちっともわからないけれど、黒槐国にいるってことは、黒槐国内で手柄を立てた方が勿論いいよね」

一番に黒の皇帝を見つけたら、仁耀はよくやったと褒められるだろう。これで足場を固めることができるはずだ。

「わたしは少しだけ仁耀さまと個人的なことを話せたのですが……」

玉霞の話のあと、仁耀は茉莉花に対して柔らかく接するようになった。

（……そうよね。意図があってのことかもしれないけれど、仁耀さまは報われない反皇后派の官吏をまとめていた。仁耀さまから見たわたしは、平民出身の女性官吏という最も弱い存在でしょうし、同情されたのかもしれない）

その同情によって、仁耀の心がわずかに見えた気がする。

「もしかしたら仁耀さまは、やはり陛下を大切に想っているのではないでしょうか」

事情があって裏切ったのではなく、本人が言った通り、怖くて裏切ったのは事実だろう。

でも、今はまた気持ちが変わっているのかもしれない。

茉莉花たちを帰国させようとして脅しにきたのも、茉莉花たちに協力してくれたのも、すべて珀陽のためになることだ。

「黒の皇帝陛下を真っ先に見つけて、我が国の皇帝陛下のためになることをしたいのなら、それは一体なんでしょうか」

茉莉花の疑問に、大虎がうなった。

「仁耀が本気で兄上のためになることをしたいのなら……」

珀陽の異母弟で、仁耀の甥である大虎が、仁耀の代わりに答えてくれる。

「──立派な皇帝にしてあげたいんじゃないかな。あ、仁耀にとっての『立派』ね。僕は兄上のことを充分立派な皇帝だと思っているけれど」

「仁耀さまにとっての立派……」

「そうそう、仁耀の理想って高いから」

大虎の言う通り、珀陽はもう立派な皇帝だ。

赤奏国に恩を売って仲よくし、シル・キタン国との戦争に完全勝利し、叉羅国と友好関係になり、ムラッカ国を上手く牽制している。

(仁耀さまがこれ以上を望むというのなら、それはもう……)

珀陽が望んでいる『立派な皇帝』と仁耀が望む『立派な皇帝』は、明らかに違う。

「きっと仁耀さまは……、陛下のために……」

茉莉花が身体を震わせたとき、勢いよく扉が開かれた。

「我々でその凶行を止めましょう。そんな独りよがりのお節介は迷惑です」

部屋を出て行ったはずの翔景が、最初からここにいましたという顔で話に入ってくる。

驚いて声が出ない茉莉花の横で、大虎がうわっという声を上げた。

「あのさぁ、盗み聞きはよくないよ！」

大虎は、部屋を出た翔景が扉に耳をつけてこちらの会話を熱心に聞いていたことを、すぐに確信した。既に前科一犯の男である。

「仁耀殿にそんなことをされたら、親友との『白楼国のためになる前例をつくる』という崇高なる目標がすべて水の泡になります。許されることではありません」

「えっ、それってまさかの私情？　……というか、翔景と茉莉花さんはまだただの友だちだよね？」

大虎は翔景の熱意に困惑しつつも、気になったところをしっかり訂正しておいた。

「茉莉花さん、黒の皇帝陛下は白楼国に入ってから保護しましょう。ここでは人手が足りません。私がなんとか調整します」

「翔景さん……！　ありがとうございます！　次からは普通に会話へ入ってくださいね」

茉莉花は翔景の頼もしい言葉に感動し、盗み聞きについての追及をやめる。

翔景は茉莉花の要求に対し「勿論です」という顔になったが、大虎はまたやるんだろうなと確信してしまった。

「いや、ちょっと待って！　仁耀はなにをしようとしているわけ⁉　翔景はわかっても僕はわからない！　あとやっぱり盗み聞きはよくないと思う！」

大虎は詳しい話を求め、ついでに茉莉花がさらっと流したところを改めて指摘する。

「……大虎さん。仁耀さまはおそらく、黒の皇帝陛下を殺すつもりです」

大虎は眼を見開たい。

茉莉花は、自分の言葉によって、不安に思っていた未来がいよいよ迫っていることを実感する。

「『黒の皇帝陛下を白楼国の皇帝の命令で殺した』と仁耀さまが黒槐国に言えば、それが真実になってしまいます。黒槐国は白楼国と戦争を始めるしかありません。黒槐国が攻めてきたら、白楼国は戦うしかないんです」

茉莉花たちが黒の皇帝の保護に成功したら、黒槐国に大きな恩を売ることができ、戦争よりも外交という前例をつくることができる。

仁耀が黒の皇帝を殺したら、黒槐国と白楼国の戦争が始まる。

未来がどちらになるのか、茉莉花はまだ答えを出せない。それに……。

（黒の皇帝陛下を保護するだけでは駄目なのかもしれない）

ここで黒の皇帝を守りきれても、仁耀が黒槐国にいる限り、戦争の危機は続く。

「仁耀さまは、わたしたちの未完成な部分に夢を感じました。皇帝陛下のために残しておくべき官吏だと判断しました。だから姿を見られても生かしているんです」

もし、自分たちが若くなかったら。

先がないつまらない官吏だと思われていたら。

仁耀に邪魔だと認識されたら、すぐに殺されていたかもしれない。

「あの方は、わたしたちが思い通りにならなくても、わたしたちを殺せません。そこを利用します。わたしたちで仁耀さまを止めましょう」

茉莉花の言葉に、大虎が大きく頷く。

「絶対に止めよう。それで、仁耀に二度とこんなことはするなって言いたい」

もう茉莉花は「部外者だから」で一歩下がるつもりはなかった。

仁耀に認められ、生かされている自分たちが、白楼国のこれからを選択していかなければならないのだ。


翌朝、茉莉花は黒槐国側に「瑠璃天目を目撃したときのことを夢に見た。それで思い出したことがある」と言い、新たな情報を与える。

「部屋の中から聞こえてきた声が、黒の皇太子殿下のお声に似ていたんです」

正直なところ、似ていると言われたら似ているかもしれないというぐらいの声だった。

しかし、逃亡説を主張するきっかけにはなるはずだ。

「わたしが見た瑠璃天目は、黒の皇帝陛下がお忍びの視察をしていたときにもっていった瑠璃天目なのではありませんか？　……もしくは、黒の皇帝陛下が身の危険を感じ、瑠璃天目をもって一時的に黒曜城を離れていた、とか」

——まさか、そんな。

犀興はその言葉をくちにしなければならないのに、はっとして息を呑む。やはり仁耀が言っていたように、黒の皇帝はそういうことをしそうな繊細すぎる人なのだ。

「……皇帝陛下はずっと黒曜城にいらっしゃいます。ご心配なさらず」

さすがに犀興は『実は誘拐されました』とくちを滑らすことはなかった。

茉莉花は申し訳なさそうな表情をつくる。

「ですよね。すみません、妙なことを言ってしまって。……瑠璃天目の新しい手がかりが見つかるまで、わたしたちも独自に探してみてもいいでしょうか。冬虎皇子殿下が待機に飽きてしまいそうなんです。なにかあったときの連絡役として、そちらの武官を二人ほどつけてくれると助かります」

犀興は茉莉花たちの独自の捜査という名の観光のお願いを了承し、「次の手がかりが見つかるまではご自由に国を見て回ってください」と快く送り出してくれた。

「大虎さん、翔景さん、許可を頂きました。出発しましょう」

ここから先は、逃亡犯を追うことに慣れている翔景にすべてを任せる。

茉莉花は、道を歩いている人やすれ違う馬車を念のためにすべて覚えておいた。


翔景は、黒の皇帝の足取りは宿にあると言いきった。

耳に入ってくる黒の皇帝の性格からすると、野宿どころか農家の納屋に泊まることも無理だと判断したのだ。

「大きな街を避けるはずです。小さな街……そう、関所の一つ手前の街で時間を潰し、夕方ごろに関所へ着けるよう調整するはずです」

まずは関所の一つ手前の街に向かう。

そこにある宿は二つだけで、翔景は二つを比べて値段が高そうな方に入っていった。

「ここ数日の間に、随分と偉そうな人がきませんでしたか？　年齢は四十歳ぐらいで、使用人は三十歳ぐらいです」

翔景の質問に、宿の人はあっさり答えた。

「たしかにそんな客がいたよ。三人いた使用人のうち、一人が三十歳ぐらいだったね。その人を叱る声が下の階まで響いていた」

「その客、次の日の昼をかなり回ってから出発しませんでしたか？」

「ああ、そうだった。今からだと関所を通るのは夕方になるし、その次の街に着くのは夜になるよって止めたんだ」

翔景は宿帳を確認し、その客の名前を書き留める。同行している黒槐国の武官に「見覚えは？」と尋ねたけれど、知らないと首を横に振られた。

「偽名をいちいち変える程度の知恵はあるようですね。次に行きます」

翔景の指示通り、関所を越えた次の街でまた宿を探す。

宿の中で一番高そうなところに入り、今度は別の質問をした。

「数日の間に、夜遅くに泊まりにきた四人組の客はいませんでしたか？　馬車で旅をしていて、主人はかなり偉そうにしている男です」

年齢と特徴をくちにすると、宿の主人は「いた」とはっきり答える。

同行している黒槐国の武官が、瑠璃天目をもっている男を今度こそ捕らえられるかもしれないと喜んだ。

「……あの、一度戻って、上の人に報告してきてもいいでしょうか」

「はい、どうぞ。我々は調査を進めておきます」

黒槐国の二人いる武官のうち、片方が慌てて戻っていく。

のんびりしていると追いつけなくなるので、翔景は地図を見ながら御者と行先の確認を急いだ。

「もしかして、大正解ってやつ？」

馬車の中の大虎は嬉しそうな顔をする。

それに翔景は深く頷いた。

「追跡対象の目的がはっきりした。この状態で足取りを一度でも摑めたら、追うのはそう難しくない。向こうが特殊な訓練をしていて、こちらの追跡を妨害できるのなら話は変わるがな」

大きな街を通るときに、同行している黒槐国の武官が黒の皇帝の捜索部隊に声をかけ、犀興への伝言を託す。それからまた一緒に次の街に急いだ。

（どうか上手く追いつけますように……！）

仁耀のこともあるので、黒の皇帝にはこちらが動きやすくなる白楼国内に入っていてほしいけれど、白楼国内に入ったら関所で捕まることを気にしなくてよくなるため、離れすぎると追えなくなる。今のうちにできるだけ……と気持ちが焦った。

（仁耀さまはどこにいるんだろう）

きっと少し離れたところから茉莉花たちを追っている。なんとかしてこちらより先に黒の皇帝と接触しようとするはずだ。

外を見ながら対策をあれこれと考えていると、不意に大虎の手が伸びてきた。

「歩揺がずれているよ。ちょっと待って……。うわ、馬車だから怖いなぁ」

今日の茉莉花の歩揺には、禁色として扱われている紫水晶でつくられたジャスミンの花が咲いている。

普段使いは絶対にしない、儀典に出席するときだけ使うことにしているこの歩揺の花びら部分はとても薄く、うっかりぶつけるだけでも割れてしまうだろう。

大虎は揺れる馬車の中、慎重に指を動かして歩揺の位置を直してくれた。

「この歩揺は絶対に落とすわけにはいかないからね」

色々な意味をこめた言葉を呟く大虎に、茉莉花は力強く「はい」と答えた。

翔景の指示に従って黒の皇帝の足跡をたどっていく。犀興たちとはまだ合流できていないけれど、待つ余裕はなかった。

「ついに国境まできたね。いよいよか」

大虎が緊張した声で呟く。

茉莉花はその横で、仁耀の姿を探していた。

（ここまできたら、仁耀さまは黒の皇帝陛下を自分一人で追えてしまう。……早くどうにかしないと）

昨夜、仁耀に合図を送ったけれど、仁耀は現れなかった。

彼はとても鋭い人だ。白楼国の武官が待機していることに気づいたのだろう。

（黒の皇帝陛下を見つけるまでに仁耀さまを捕まえるか、それとも先に黒の皇帝陛下を保護するか。……捕まえるのは難しいかな、やっぱり）

白楼国の武官には、仁耀という名を伏せ、黒の皇帝を狙う者がいるとしたら見つけられるかどうかを相談してみた。返ってきた答えは「人手が足りない」だ。

「国境警備隊と話をしてきます」

茉莉花は馬車を降り、国境警備隊へ声をかけにいく。

自分たちには通行証があるけれど、同行している黒槐国の武官の分の通行証はない。しかし、皇子の大虎がいるし、禁色を使った小物をもつ文官もいるので、責任者に「急いでいるので例外で通してほしい」と頼むだけですんだ。

「早馬を二頭、すぐに用意できますか？　一頭は湖州の州庁舎へ、一頭は首都に向かわせてください」

茉莉花が国境警備隊と接触しているこの姿を、仁耀は絶対に見ている。

ここからは、時間や運との勝負だ。

「翔景さん！　お願いします！」

茉莉花は馬車に戻り、翔景にあとを任せた。

翔景は黙って頷くと、武官へ話しかけに行く。

「茉莉花さんの計画通り、我々だけ先に進みます」

翔景と武官は国境警備隊に用意してもらった馬に乗り換え、急いで出発した。

大虎はそのうしろ姿を見送ったあと、ちらりと茉莉花に視線を向ける。

「……僕たちが二手に別れて行動することで、仁耀を黒の皇帝から引き離すのはいいんだけれどさ、仁耀は茉莉花さんについていきそうだよ」

仁耀からは、茉莉花たちが国境警備隊と接触したあと、突然慌ただしく動き始めたように見えただろう。なにかの情報を国境警備隊から得て、それで翔景と武官が先に馬で駆けて行ったと思うはずだ。

普通に考えれば、急いでいる翔景と武官は黒の皇帝の保護を任されている方である。ついそちらを追いかけたくなってしまうだろう。

「仁耀なら、これが陽動だと気づくかもしれない」

「はい。わたしたちによる罠だということは、わかっていると思いますよ」

どちらかを選ばせたいことがわかってしまう。こんな単純な作戦、仁耀ならすぐに見破る。

　そして、仁耀は結局どちらについていくことを選ぶかというと……。

「禁軍は、上下関係をとてもはっきりさせていますよね。同期であっても、年下であっても、その人が上官であるのなら、その命令に絶対従います。……そうしないと、戦場では死に繋がってしまいますから」

　天河は年上の部下を従えている。天河が彼らに指示を出しているところを初めて見たとき、茉莉花はとても驚いた。

「でもそれって、文官も同じだよね？」

「たしかに文官も上司の命令に従わなければなりませんが、武官ほどの厳しさはありません。わたしは、自分よりも官位が上の翔景さんといつも『話し合い』ができています」

　武官にとっての上下関係と、文官にとっての上下関係は、根本的なところが違う。

　茉莉花は天河と一緒にいると、よくそれを感じさせられた。

「翔景さんとわたしの上下関係をどう決めるかは難しいところですが、翔景さんの方が上だけれど、翔景さんはわたしに敬意を払っている……という関係だと仁耀さまには思われているはずです」

　仁耀は茉莉花と翔景の個人的な繋がりを知らない。自分がもっている情報から推測するしかないのだ。

「黒の皇帝陛下が逃亡しているという前提で動き始めてからは、翔景さんが捜索の指揮を執っていました。仁耀さまは『黒の皇帝陛下の捜索主導権を握り、最終決定をしているのは苑翔景』と判断したはずです」

ついていくべきは、皓茉莉花か、それとも苑翔景か。

仁耀は茉莉花と翔景をしっかり見ているからこそ、翔景を選んでしまうはずだ。

「勿論、翔景さんが囮だということに気づく可能性も充分にあります。それまでに黒の皇帝陛下をわたしたちで保護し、警護体制を整えましょう」

ありがたいことに、ここは湖州である。湖州の州牧である洞万源は、少し前の茉莉花の上司で、顔見知りだ。茉莉花が頼めば、州軍を動かしてくれる。

（翔景さんたちがこの先にある関所を封鎖してくれる。関所のところで黒の皇帝陛下に追いついて、そこで州軍とも合流できるはず）

あとは仁耀がこちらの思惑通りに動いてくれるかどうか。そしてこちらがどれだけ早く黒の皇帝を見つけられるかどうかだ。

茉莉花たちは、できるだけ急いで関所の街にやってきた。

街には、黒槐国に向かっていたときよりも明らかに多くの人がいて、ざわついている。

関所がきちんと閉鎖されていることが、それだけでもわかった。

「この街のどこかに、黒の皇帝陛下がいるはずです。手分けをして探しましょう」

黒の皇帝の顔を知っているのは、黒槐国の武官ただ一人だけ。

茉莉花は黒の皇帝の従者の顔しか知らないし、茉莉花以外は従者の顔すらもわからない。

それでも『なんとなく偉そうな人』をとにかく探すことにした。

「わたしは宿を回ります。鐘が鳴ったら一度ここに集合してください」

目印になりそうな店の前で立ち止まった茉莉花は、黒槐国の武官にそう言ったあと、大虎と共に宿へ向かう。

街の人に教えてもらった宿の数は五つ。まずはその中で一番高い宿に入ってみた。

「すみません、お尋ねしたいのですが……」

「関所ならまだ開かないみたいですよ。泊まりですか？」

宿の人は似たようなことを旅人に何度も聞かれたのだろう。茉莉花の言葉を待たずに答える。

「いえ、ここに泊まっている人の中で……」

四人組の、主人がとても偉そうな、と続けようとしたとき、知っている顔が視界の端に一瞬だけ入ってきた。

「っ……！」

いた、と叫ぶわけにはいかず、茉莉花は大虎の手を引く。

「どの人⁉」

大虎は茉莉花の意図を読み取り、小声で尋ねてきた。

「わたしから見て左側の、今から階段を上がる三十歳ぐらいの人です」

「わかった。僕は泊まっている部屋を確認してくる」

茉莉花は大虎にあとのことを任せ、宿の人と話を続ける。

「ええっと、泊まっている人の中で、四十歳ぐらいの男の人はいますか？」

「何人かいますよ。待ち合わせですか？」

「はい。頼まれていたものを渡したいんです。もう少しで完成するので、あとでまたきますね」

とっさに嘘をついた。そして、大虎が戻ってくるまでこの会話を長引かせたくて、関所の話題をもち出す。

「関所はいつから封鎖されたんですか？　突然のことだったので驚きました」

「昨日の朝みたいですよ。関所の向こう側でなにかが起きたとか言ってましたねぇ」

「それなら、関所を通れてもこの先の道が通れないこともあるかもしれませんね」

不安だ、という顔をして、茉莉花は宿の人と封鎖の理由について色々話した。

「それでは一旦失礼します」

大虎がさり気なく戻ってきたので、茉莉花は大虎と共に宿を出る。

人通りが多いところまで行き、それから周りの人と距離をとった。

「黒の皇帝陛下の従者はどの部屋に入りましたか？」

「二階の西側の一番奥の部屋に入っていった。従者の横顔も見たよ。ついでに『主人』の怒鳴り声も聞いた。あと、二階の窓から宿の敷地内についてもおおよそ把握しておいた。あれなら人を集めておけば、そう逃げられないと思う」

茉莉花はしっかり仕事をしてくれた大虎に感謝しつつ、気になっているところを尋ねる。

「……黒の皇帝陛下は、やはり逃げそうですか？」

「うん。逃げそう。どうする？　相手は異国の皇帝だ。恨みを買いたくないよね」

茉莉花を追いかけてきている黒槐国の人たちにできればあとのことをすべて任せたいが、待っていられない。

「なんとか上手く保護しましょう。黒の皇帝陛下の保護はこちらの武官の仕事で、黒の皇帝陛下を宥めるのはわたしと大虎さんの仕事です」

各々の役目をきっちり果たし、州軍と合流する。

茉莉花の決断に、大虎は「わかった」と呟いた。

「なんかさぁ、本当に面倒そうな人だよね。声だけでわかる」

上手くいきますように、と大虎は祈っている。

うんざりするその気持ちは、茉莉花もよくわかった。

白楼国の武官と黒槐国の武官、関所の封鎖をしている州軍の人たち。彼らを率いて茉莉花は宿に向かい、なにがあってもいいように準備しておく。

茉莉花は宿の人に「危険な状況にある異国の客人を保護する」という話をして、他の客にはこっそり避難してもらった。

「……すみません。少しお時間を頂いてもいいでしょうか」

二階の西側の一番奥の部屋。茉莉花はその部屋の扉の前に立ち、まずは声をかける。

しばらくの沈黙のあと、部屋の中から物音が聞こえた。誰かがこちらに向かっている。

「どちらさまですか？」

この声は、黒の皇帝のものでも、従者のものでもない。

二人いる武官のどちらかだろうと考えながら、相手を刺激しないように穏やかな声を出した。

「わたしは白楼国の官吏です。こちらに尊き方がいらっしゃると伺いまして、ご挨拶に参りました」

『尊き方』という言葉には、幅広い意味がある。

本当に皇帝の存在に気づいているのか、それともなにかの勘違いなのかを、相手は確かめたいはずだ。

「……お名前を伺っても？」

「皓茉莉花と申します。礼部の文官です」

「少しお待ちを……」

足音が遠ざかっていく。茉莉花はちらりと階段を見て、待機している大虎に「まだそこに」と手で合図をした。

「失礼しました。……とりあえず、中に入ってください」

わずかに扉が開く。そこから茉莉花を観察している眼が見える。

中にいる人物は、茉莉花が一人だけで廊下に立っていることを確認したあと、ようやく扉を完全に開いてくれた。

「おじゃまします」

茉莉花が頭を下げて部屋に入れば、前に宿で見た従者もいる。

「改めまして、わたしは皓茉莉花と申します。……よくわかっていなくて申し訳ないのですが、皆さまに大変なことが起きているのではないでしょうか。もっと安全な場所へ移動するお手伝いができればと思い、ここに参りました」

――異国の皇帝一行が、連絡もなしに少人数で白楼国にきて、こんなところに泊まっている。普通ではありえない。とりあえず安全なところへ行きましょう。

茉莉花の申し出に、従者と武官は顔を見合わせた。

「主人と話をしてきます。……あの、どうしてここが？」

黒槐国内で見つかるならともかく、絶対に見つからないと思っていた白楼国内で見つかってしまった。二人が疑問に思うのも当然だ。

「関所で尊き方のお顔を拝見した方がいて、もしや……と州庁舎に連絡があったのです」

二人は茉莉花の嘘に納得したらしい。ほっとした様子が伝わってきた。

（お二人は、この状況をどうにかしたいと思っていたみたい）

少人数で皇帝の護衛を続けていたら、気が休まらないだろう。白楼国に保護されることを歓迎してもらえるのなら、こちらは本当に助かる。

（……でも、まだ危機は去っていない）

茉莉花は微笑みながら窓を視界に入れた。

ここからは、仁耀に襲われることを警戒し続けなければならない。

「お疲れさまでした～！」

「乾杯！」と大虎が茶を入れた飲杯を掲げる。

茉莉花もその隣で飲杯をもち上げた。

任務大成功の宴と言いたいところだけれど、まだやるべきことがある。湖州の州庁舎の一室で、茶と菓子でほっと一息つくのが精いっぱいだ。

「瑠璃天目を追ったら黒の皇帝陛下が見つかったって形にできたし、州庁舎へ無事に連れてくることもできたし、あとは仁耀だけ。……絶対になんとかしよう」

大虎の言葉に、茉莉花は頷いた。

仁耀は茉莉花たちの罠にひっかかり、翔景を追いかけてくれた。だから茉莉花たちは黒の皇帝をあっさり保護できたのだ。

しかし、仁耀はそのうち、翔景が囮になったことに気づくだろう。黒の皇帝が州庁舎で保護されていることを推測するのは難しくないし、すぐにここへくるはずだ。

「できたらさ、黒の皇帝陛下から逆恨みをされないようにしておきたいよね。でも最優先しないといけないのは黒の皇帝陛下の身の安全だし、難しいなぁ」

茉莉花たちに保護された黒の皇帝は、ずっと皇太子におびえていた。

このあと、黒槐国が迎えにくるという話をする予定だが、黒の皇帝は間違いなく「私を、裏切ったな！」と叫んでくるだろう。

（黒の皇太子殿下には感謝されると思うけれど……）

大きな恩を売りつけるためにも、みんなから感謝されたい。

「……折角ですから、仁耀さまを利用して、黒の皇帝陛下から恨まれないようにするためのひと芝居でもしましょうか」

とても簡単な、子ども騙しの作戦だ。今はこれぐらいしか用意できない。

「おっ、なにか案があるの？」

「黒の皇帝陛下を狙う者を、こちらで用意します。黒の皇帝陛下を襲わせ、黒の皇帝陛下にやっぱりと思わせて、しかし襲撃者は黒の皇太子殿下とは無関係だった、という真実をつくりましょう」

黒の皇帝が「殺される！」と騒いでくれているので、仁耀対策のための厳重すぎる警護を「そちらの要望に従った」という形にできる。

警護のためだからという理由で、黒の皇帝を茉莉花たちの思い通りに移動させることができる。

二つの問題を相互に利用できるはずだと、茉莉花は真面目な顔で説明した。

「今回は一石何鳥？」

そんな茉莉花に、大虎が首を傾げる。

茉莉花は少し考えたあと、静かに答えた。

「これは……一石二鳥ぐらいです」

一石五鳥を狙う誰かの思考に似てきたような気がして、いやいやいくらなんでもそこまではと首を横に振る。

「陛下みたいに五鳥を狙うって難しいんだね。……あ！　犀興たちだ！　思ったよりすぐここに着いたね。かなり急いでくれたのかな」

窓の外を見た大虎は、椅子から勢いよく立ち上がった。

黒槐国の武官の犀興には、瑠璃天目の手がかりを摑んだという伝言を託しておいた。どうやら無事にここまで追いかけることができたようだ。

ちなみに、最後の伝言は『黒の皇帝陛下を保護したがおびえている』である。

「犀興さんを迎えにいきましょう。これからお芝居をしなければなりませんし、まずは向こうとの打ち合わせですね」

「洞州牧が宴の用意をするって言ってたけれど、どうなるかなぁ」

犀興は多くの武官を連れていた。近場にいた黒の皇帝捜索隊へとにかく声をかけたのだろう。

「遠いところまできてくださり、本当にありがとうございます」

茉莉花はここまでずっと一緒だった黒槐国の武官と共に州庁舎の入り口に立ち、到着した犀興を迎えた。

「とりあえず、州庁舎内に部屋をご用意しました。まずはゆっくりしてください」

州牧にも聞かせられない大事な話をしようと遠回しに伝えれば、犀興が頷く。

洞州牧はそんな茉莉花たちをちらちらと見ていた。黒槐国の訳ありの客人を保護して、黒槐国の人に迎えにきてもらうという説明しかされていないので、詳しい事情を聞きたいのだ。

(州牧として黒槐国の人たちにきちんと挨拶をしておきたいのでしょうけれど、今はまだ無関係でいた方がいい)

保護されたのは異国の皇帝である。なにかあったら、洞州牧は文官を辞めなければならない。

「こちらへどうぞ」

茉莉花は黒槐国の武官たちを案内し、用意しておいた部屋の扉を開ける。

そこにはもう大虎が『冬虎皇子殿下』という姿で座っていた。

「黒の皇帝陛下は、賓客用の部屋にて休憩しております。あとでご案内しますが、その前に……」

大虎はずっと一緒に行動していた黒槐国の武官をちらりと見る。

彼は茉莉花たちと共に見聞きしてきたことを、すべて丁寧に報告していった。

瑠璃天目を追ったら黒の皇帝が見つかったこと、誘拐ではなかったこと、従者と武官は黒の皇帝の命令に従っただけということ、『あとで連絡する』という紙は従者が大ごとにしないように慌てて書いたもので、わずかな血痕は不幸な事故で従者が軽い怪我をしたときのものだった、と話す。そして最後に、「皇帝陛下はお疲れのようです」とつけ加えた。

「皆さん、今夜はここでゆっくりしてください。なんなら、数日間、湖州を楽しんでいきませんか？　景色が綺麗なところですから、心も休まるでしょう」

大虎は、茉莉花に教えられた「黒の皇帝陛下が帰りたくないとわめいたら、説得する時間がそこそこ必要だろうし、ここにいてもいいですよ」という意味の言葉を、笑顔で告げる。

「それと……、黒の皇帝陛下のお話を我々が信じないわけにはいきませんので、警備計画を練り直しました。襲われたときのことを考えますと……」

茉莉花は、黒の皇帝が安心できるように必要のない配慮をわざわざしたという顔で、今夜の予定を伝える。

そのあと、犀興たちを黒の皇帝がいる部屋に案内し――……予想通り「白楼国は私を裏切ったんだな⁉　ふざけるな‼」という怒鳴り声を浴びてしまった。

誰もが寝静まる時間になれば、ただの呼吸の音も耳につく。

草を踏みしめる音も、扉を開けようとするときのきしむ音も、小刀を引き抜く音も、すべてを慎重に行うことで、仁耀はほとんどないものにした。

——いた。

規則的に上下する影が寝台にある。間違いない、黒の皇帝だ。

——安心しろ。命を狙われているというお前の心配は本当になる。

苦しまないようにしてやりたくて小刀を握る手に力をこめたとき、廊下から大きな声が聞こえてきた。

「侵入者だ！　逃げたぞ！」

気づかれたのか⁉　と動揺した瞬間、遠くでなにかが割れる音がする。そして「あそこだ！」「追え！」という声と足音が段々遠くなっていった。

——なにかあったようだ。このままでは外に人が増える。

おそらく、どこかの誰かが州庁舎へ盗みに入り、間抜けにも見つかったのだろう。明日からの警備はかなり厳しくなるはずだ。この機会を逃すのはあまりにも惜しいが、仕方ない。

——廊下に出るか、外に出るか。

灯りがつき始めた廊下を走れば、間違いなく誰かとすれ違う。ならば窓から逃げるしかない。

急いで窓の鍵を開け、左右を見てから飛び出す。

「天河‼」

聞き覚えのある声が、左から響いた。

呼ばれた名前と、呼んだ声の主と、そして真後ろから感じる殺気。

一気に増えた情報を処理できず、身体が固まってしまう。

「珀陽……！」

動かなければ、と身体に再度命じたときには、月明かりに照らされた珀陽が仁耀の眼の前にいた。

「もう出てきてもいいよ」

珀陽の言葉で、茉莉花は黒の皇帝のために用意された寝室の隣部屋の窓から顔を出す。

一緒にいた大虎の手を貸り、なんとか窓から外に出た。

小さな庭には珀陽と天河、そして天河の手によって拘束された仁耀がいる。

「よかった……」

まずは作戦が上手くいったことへの安心。それから、やはりという苦い想いを抱えた。

「とりあえず簡単に状況説明でもしようか」

珀陽は穏やかに笑いながら、仁耀を見下ろす。優しげな表情と声には感情がなにもこもっていない。

「黒の皇帝は別の部屋で休んでいるよ。この部屋に入らせたあと、こっそり移動させた。

……どうしてかって？　貴方が黒の皇帝を襲うのではないか、と茉莉花が心配して対応策をつくってくれたからだ」

ちらりと珀陽の視線が向けられ、茉莉花は白い息を吐いた。なにを言ったらいいのかわからない。

「茉莉花たちは、警備にわざと穴を開けておいた。仁耀の侵入経路をこちらで用意しておけば、侵入されてもすぐに気づける。そして、侵入されると同時に別のところで叫ばせた。その声を合図にして廊下に灯りをつければ、君は必ず窓から出てくれる。ああ、黒の皇帝の身代わりをしたのは天河だ。やけになって襲われても、天河ならなんとかするだろうし」

珀陽の言葉に、天河は淡々と答えた。

「一対一ではなんとかできない可能性もあると言ったはずです」

「君が負けるわけないだろう」

「それでもです」

天河が一歩も引かないので、珀陽は肩をすくめた。

「仁耀の目的がわかっていれば、捕らえるのはそう難しくない。黒の皇帝の目的がわかった途端、茉莉花たちが黒の皇帝を捕捉できるようになったことと同じだ」

仁耀の視線が茉莉花に向けられた。

茉莉花は深呼吸をする。ここからは、自分が説明しなければならない。

「わたしは貴方に襲われる前から、貴方が近くにいることに気づいていました。その時点で白楼国に『仁耀さまがいる』という合図を送っていたんです」

仁耀にとって、自分の居場所を知られることはどうでもよかったのだろう。

だからきっと、茉莉花の歩揺の合図に最後まで気づけなかったのだ。

「貴方に色々なことを教わった次の日、わたしは陛下にまた別の合図を送りました。『ここにきてほしい』と」

禁色の歩揺をつけるときは、緊急事態を示し、珀陽にきてほしいという意味になる。

茉莉花は必要のない合図だと思っていたけれど、珀陽はなにがあるかわからないからと言って合図に加えたのだ。

「……どうして、珀陽にこいと伝えた？」

仁耀がようやくかすれた声を放つ。

茉莉花は自分の手をぎゅっと握った。

「貴方の瞳が、玉霞さんによく似ていたからです」

玉霞の名前を出せば、仁耀の瞳がわずかに揺らいだ。

「なにかを決意し、そして自分も含めてどうなってもいいと諦めてしまった瞳です。かつて玉霞さんは、赤の皇帝陛下を襲撃しようとしていました。……だから、仁耀さまはなにをするつもりなのかを、ずっと考えていたんです」

言葉で止めても無駄だということは、すぐにわかった。ほとんど赤の他人である茉莉花の言葉は、仁耀の心に響かない。

「仁耀さまは、なぜかいつもわたしのために……皇帝陛下に仕える若き官吏のために、皇帝陛下のためになるよう動いていました。冬虎皇子殿下が『仁耀は陛下を立派な皇帝にしてあげたいのではないか』と、その行動の意味をわたしに教えてくれたんです」

そして、『立派な皇帝』とは、白楼国という枠組みに収まるものではないかもしれないと、茉莉花は不安になった。

「仁耀」

珀陽は、かつての一番の理解者である叔父の名を呼ぶ。

「――どうしてこんなことを?」

何度も問いかけてきた言葉を、ここでもくちにした。

責めるような響きも、同情めいた響きもなく、ただ疑問に思っているだけの声だ。

(仁耀さまは、いつかすべてを話すとおっしゃってくれた。わたしにも訊けば答えると言ってくださった)

誰かがここで仁耀の背中を押すべきだと、茉莉花は覚悟を決める。

「……仁耀さま、自分の心情を話すという行為は、言い訳と似ているかもしれませんが、まったく同じではありません。それに陛下は、どちらでもいいから聞きたいと思っているはずです」

話したあとにがっかりされることはない、と茉莉花は仁耀に伝えた。

仁耀の身体からわずかに力が抜け、白い息がゆっくりと吐き出される。

「そこの文官の言う通りだ。黒の皇帝を殺すことで、戦争をするしかない状況をつくろうとした。お前なら、どんな戦にでも勝てるだろう」

色々足りないところがある言葉だけれど、仁耀は珀陽のために動いたことをついにはっきりさせた。

「う～ん、……まぁ、たしかに私はどんな戦にも勝つだろう。つまり、私の力を強固なものにしたいとか、あと十年しかない在位を延ばせるようにしたかったとか、私のためのお節介をしていたとか、そういう話でいいのかな？」

仁耀は「はい」も「いいえ」も言わなかったけれど、それは「はい」と同じ意味の沈黙だ。

「……仁耀殿は、陛下を憎んでいるから裏切ったのでは？」

仁耀を拘束している天河が、疑問を投げかける。

天河にとっての「どうして」は、どうして裏切ったのかというところからだ。

「叔父が甥を可愛がるのは普通のことだ。それと同時に、男として私を憎むこともね」

仁耀の代わりに珀陽が答える。

それでも天河は納得できていない様子だったが、話の邪魔にならないように引いてくれた。

「私はまだ詳しい話を聞いていないけれど、茉莉花が黒の皇帝を保護したことで、黒槐国に充分すぎるほどの大きな恩を売れた。それでは駄目だったのかい？」

「お前なら、中原の鹿を捕らえることもできる」

──中原に鹿を逐う、という言葉がある。中原には大陸、鹿には皇帝という意味があり、この大陸の唯一の皇帝となるために戦うという言葉だ。

仁耀にとっての『立派な皇帝』の規模が、あまりにも大きくて重い。

茉莉花はそのことに怯んでしまったけれど、珀陽は落ち着いている。

「白楼国内での黒の皇帝殺害事件をきっかけに、同盟国である赤奏国と共に黒槐国を滅ぼす。そのあと、白楼国は采青国を落とし、最後は赤奏国との戦争に勝つ。……統一国家の皇帝になるという話を、皇帝になってから一度も考えたことがないというのは嘘になるけれど」

あるんですか⁉　と茉莉花は心の中で叫んだ。

しかし、話を止めるわけにはいかないので、どきどきしながら見守る。

「空想することはとても楽しい。でもね、現実の私にそこまでの力はないよ」

珀陽の声が、静かな庭に凛と響いた。

「前に赤の皇帝から『四カ国統一を目指したら、三カ国まではいける。でも四カ国目のあと少しというところで、信頼していた相手にうしろから刺されて夢半ばで死ぬ』と言われたことがあったんだ。なんだか妙に納得してしまってね。大きなことをしようとしたら色々な人に恨まれるし、きっと私はしかたないねで色々な人を切り捨ててしまうし、その切り捨てられた人に復讐されても当然だ」

珀陽から感じる恐ろしさの正体は、切り捨てることができてしまうところだ。

優しい人だけれど、なにかと天秤にかけて優先順位が低いと判断されたら、情に訴えても無駄だ。だから怖い。

「……そうか。仁耀には、私が中原の鹿を手に入れられるような皇帝に見えていたのか。高評価だったんだなぁ。私自身は、そもそも皇帝の器ではなかったと思っているのに」

珀陽は、自分の話をするのは恥ずかしいと言っていた。

しかし仁耀のために、今その恥ずかしい話をしようとしている。

「私が皇帝になれたのは、文官になるための努力と、武官になるための努力をしたからだ。本当に元から皇帝の才ある人は、そんなことをしなくてもいい。うらやましいよ」

珀陽はふっと笑う。

「折角皇帝になったんだから、もっと長く皇帝として働いてもいいはずだと考えるときもあった。でも、考えはしても実行はしなかったよ、一度も」

珀陽は危ないところに立ち続けている。

皇帝として立派であればあるほど、味方が増えれば増えるほど、譲位しようとするときに引き止められるだろう。

それでも皇帝位への未練を振りきらなければならないと思い、そうであり続けているのだ。

「仁耀、私は貴方が思うほどの才能あふれた人ではない。そこそこ、だ」

珀陽に「そこそこ」と言われて納得できる人間がいるのだろうか。

科挙試験と武科挙試験に合格するという才能は、明らかに天賦の才だけれど、珀陽の感覚なら「合格したけれど、それだけ」なのかもしれない。

「真の天才というのは、子星や天河、茉莉花たちのことだ。せめて彼らの後ろ盾になれる皇帝でありたいな」

仁耀の瞳が茉莉花を捉える。

そのとき茉莉花は、珀陽からの期待が重いと言ったことを思い出した。

（やっぱり、これは重い……）

茉莉花の自分への評価は、珀陽と同じく「できることはあるけれど、それだけ」だ。まだできることを増やしている段階でしかない。

珀陽の望み通り、本当に才能ある官吏になれるのかどうかは、未だにわからなかった。

「身の丈に合わないことをしたら、多くの人を不幸にする。私は中原の鹿を逐わず、私なりの立派な皇帝になるよ」

皇帝『珀陽』としての決断を、珀陽は仁耀に語る。

お節介をしてもらわなければならないような皇帝ではないことは、きっと仁耀にも伝わったはずだ。

「……そうか」

返事はたった一言。それでも珀陽の想いが通じたのだとわかる。

「でも、ありがとう。気持ちは嬉しかった。私は期待されることが好きでね。苦手な人もいるみたいだけれど」

珀陽はちらりと茉莉花を見る。

茉莉花は、わかっているならもう少し抑えてほしい、と苦笑してしまった。

「仁耀、これからどうしたい？」

仁耀は脱獄をしたくてしたわけではない。勝手に牢から出されて殺されそうになり、それで逃げて、なにかしらの気持ちの変化があって珀陽のために動いていた。

しかし、その珀陽がお節介を必要ないと言った。仁耀もそれを受け入れている。

「私は牢に戻り、裁きを受ける」

仁耀は元々、牢で処刑を待つ身だった。牢に戻ればその日々が再び始まるだけだ。

「牢に戻る……ね。君を脱獄させたのは淑太上皇后たちだろう？　戻ったら彼女たちに殺される。口封じのためにね。結局死ぬんだったら、処刑も殺されることも同じだと貴方は思うかもしれないけれど、どうせなら私の役に立ってから死んでくれ。頼んでもないお節介はいらないけれど、頼んだお節介はしてほしいんだ」

こんな言葉をさらりと吐ける珀陽に、茉莉花は驚きを通り越して呆然としてしまう。

天河はどう感じているのだろうかと顔を見たら、天河もまた「なにを言っているんだ」という顔になっていたので、ほっとした。仲間がいてくれると心強い。

「なにが望みだ？」

「これから長くて十年間、逃げ続けてほしい。必要なときに呼ぶから、そのときは『脱獄は淑太上皇后の手引きによって行われた』と言ってくれ。彼女を太上皇后からただの元妃にするための証拠がいるんだ」

　珀陽はいずれくる権力闘争に今から備えている。

　皇太子の後ろ盾を、淑家ではなく太上皇帝となる自分にしたいのだろう。

「今の私はまだ淑家の後ろ盾が必要でね。淑家が必要ではなくなり、逆に迷惑だと感じたときに、淑家の力を弱めたい」

　淑家を利用するだけ利用してから捨てると言う珀陽を、茉莉花はやはり怖いと思ってしまった。皇帝として当然の判断だろうけれど、それに素晴らしいと心酔できるほどの官吏的な思考はもっていない。

「陛下、仁耀殿は貴方を一度裏切った。信用すべきではありません」

　天河の忠告はもっともだ。

　しかし、珀陽は笑って拒絶した。

「これは念のための策だ。仁耀に裏切られても元々の計画を進めていくだけだよ」

　――仁耀のお節介があってもなくても、元の計画は変わらない。だから仁耀はまた私を裏切り、生きることを選んでもいい。

　珀陽の本当に言いたかった言葉が、茉莉花にも伝わってくる。

　傲慢な言動を利用し、甘ったるい言い訳を上手くつくり出す珀陽が、――……今はただ愛おしかった。

（わたしは、珀陽さまにこの甘さをもっていてほしい）

すべてを損得だけで考えるのではなく、人間らしい甘さや欲望を抱え、それを能力と権力で上手くごまかしていけばいい。

それを手伝いたいし、その気持ちによりそいたいと思う。

（叔父に生きていてほしいと望むのは、当たり前のこと。……仁耀さまにとっては残酷な願いかもしれないけれど）

仁耀が受け入れなければそれまでだ。

どんな返事になるのかを、茉莉花は息を呑んで待つ。

「……そうか」

仁耀はそっと眼を伏せた。

「わたしにも、まだやれることがあるとは……」

吐息のようなかすかな声は、闇に溶けていく。

珀陽は聞き逃すことなく、しっかりと受け止めた。

「違うよ。本当はもっとたくさんあったんだ。仁耀にしてほしいこと、やれること、私の中ではいくらでも……」

言われなければわからないことはたくさんある。それでも珀陽は、仁耀なら言わなくてもわかってくれると甘えていた部分があった。

静かな沈黙が続いたあと、仁耀は眼を開く。

「……わかった」

珀陽の望みを叶える返事を、ついにくちにした。

茉莉花は喉に詰まっていた息を吐き出す。本当に叶えてくれるかどうかは、今の時点ではわからない。いざというときに後悔するかもしれないけれど、それは珀陽も覚悟の上だ。

「天河、離してやれ」

珀陽の命令に従い、天河は仁耀を押さえている手を離した。そしてすぐに立ち位置を変え、珀陽の盾になる。

「仁耀、行く前に一つだけ。どうして私を襲ったんだ？」

これは何度も問いかけていた言葉だろう。とても慣れた訊き方だった。

「お前が恐ろしかった」

仁耀もまた、茉莉花に問われたときよりも自然に答えていた。

「私は、貴方の引退が寂しかった。寂しいから辞めないでと、あのときにもっと駄々をこねたらよかったのかな。まぁ、同じ結果になったかもしれないけれど。……またね」

珀陽の別れの言葉に応えることなく、仁耀は立ち上がり……茉莉花に近よる。

仁耀が茉莉花に託したいものは、白楼国の未来か、玉霞のような若者たちのことか、それとも……。

「あとは頼んだ」

「──はい」

茉莉花はすべてを受け止める。

仁耀からの期待は重たいけれど、珀陽と仁耀を引き合わせたのは自分だ。その自分が背負うべきことだとわかっていた。

「お前と話せてよかった。……感謝する」

仁耀が茉莉花の横を通っていく。そのとき、仁耀のかすかな声が耳に届いた。

──いつか、また。

いつか、また、会える日がくるのなら、仁耀ともっと色々なことを話したい。

おそらく今はもう『他人に近い知り合い』とは違う関係になっているはずだ。

「陛下、馬を用意します。最悪は一人で先にお戻りください。服は抱えていきます」

仁耀をぼんやり見送っていた茉莉花は、天河の冷静な声によって我に返る。

天河が準備のために立ち去ると、珀陽が近よってきた。

「私は一旦戻る。明日の昼前ぐらいに今着いたという顔をしているからよろしく」

「はい、お待ちしております」

珀陽は州都の近くにある砦で一晩を過ごしていることになっている。仁耀と話すためにこっそり抜け出したから、こっそり帰らなければならない。

「茉莉花に言わなければならないことがたくさんあるんだけれど、まとまらないな」

「落ち着いたらゆっくり話してください」

茉莉花が穏やかに笑えば、珀陽はほんの少しの切なさをにじませた微笑みを浮かべ、そっと茉莉花を抱きよせた。


「――ここに私を呼んでくれてありがとう」


茉莉花の肩に顔を埋めた珀陽から、感謝の言葉がこぼれる。

触れ合った部分がじんわりと温かくなっていった。

（お節介をしてよかった……）

仁耀のことは、茉莉花と大虎と翔景だけでどうにかすることもできた。

本当はこんな危険なことに珀陽を巻きこんではいけない。しかし、本音で話せる機会をどうしてもつくりたかった。

「仁耀さまともっと話さなくてもよかったのですか？」

「今はまだね。私も仁耀も生々しい記憶のままだから、互いにきちんと向き合えない。いつか、もう少し過去になったら、改めて話す」

完全に治りきっていない心の傷が、互いにある。

時間の流れによってかさぶたができて、はがれて、傷跡(きずあと)が薄くなり、こんなこともあったと言える日がくるまで待ちたいのだろう。

「待てば話せるかもしれないというところまできた。だからいいんだ」

珀陽にとっての区切りになったのならよかった。

この先は二人だけの問題だ。自分はただ珀陽の傍(そば)にいよう。

終章

珀陽は、黒槐国に潜伏している間諜からの連絡によって、仁耀が黒槐国にいることを茉莉花が確認したというとんでもない情報を得ることができた。それとほぼ同時に、黒槐国の皇帝の姿が見えないという情報も得た。

――黒槐国でなにかが起きている。おまけに仁耀もいる。

大虎と茉莉花はすぐに帰国しなければならないのに、なぜかその二日後に「ここにきてほしい」という合図を茉莉花が送ってきた。

珀陽はよほどのことがあったと判断し、一個師団を連れての『湖州への視察』を正式に決定する。すると、黒の皇帝が命の危機を感じて少人数で白楼国に逃げてきたことや、保護するために関所を封鎖したことを、茉莉花からの早馬が教えてくれた。

そのあとすぐに、茉莉花たちが無事に黒の皇帝を保護し、今は湖州の州庁舎にいるという報告と、茉莉花からの『仁耀さまが黒の皇帝陛下の命を狙っている。今晩襲うだろう。間に合うのならきてほしい』という伝言を受け取ったのだ。

「……一個師団、ですか」

皇帝を呼ぶという大きな決断をした茉莉花は、仁耀を見送った次の日の州庁舎の中で、冷や汗をかいていた。

わかっていたけれど、とんでもないことを珀陽に頼んでしまったのだと、改めてやってきた珀陽の前で実感してしまったのだ。

「今回は一個師団を動かすべき案件だったよ。『新人文官が気を利かせて黒の皇帝を保護した』よりも『白楼国の皇帝が気を利かせて黒の皇帝を保護した』の方が大ごとになって、黒槐国により大きな恩を売れる」

皆も『黒の皇帝が命の危機を感じて少人数で逃げてきたので、白楼国の皇帝がわざわざ迎えに行った』であれば、一個師団を連れての視察を突然決行したことに納得できる。

時系列を考えると後付けの理由なのが丸わかりだけれど、それは茉莉花の報告書の日付をちょっと弄って解決すればいい。

「それで、黒の皇帝の周りは本当に問題ないのかな？」

「はい、大丈夫だと思います。黒槐国内も色々あるようですが、今回はお疲れの黒の皇帝陛下が……という話に皆が納得しています」

黒槐国も大変だと、茉莉花は同情してしまった。

「黒の皇帝陛下は、昨夜のお芝居の襲撃事件に『やはり命を狙われていた』と満足なさっていました。昨夜のことは黒槐国の方々と『敵の存在が明らかになれば安心する』という打ち合わせをしてからやったことですし、襲撃犯を追ってみたら、前にも黒の皇帝陛下の命を狙った者たちだったという証拠が出てくることになっています」

「おっと、随分とお節介をしてあげたね」

「黒の皇帝陛下と黒の皇太子殿下、両方に恩を売らなければなりませんから」

今回は、黒の皇帝をただ保護して引き渡せばいいという話ではない。

疑心暗鬼になっている黒の皇帝をうかつな形で黒槐国に引き渡せば、黒の皇帝から恨まれる。

だからといって、黒の皇帝の言う通りにしてこの逃亡を見逃してしまうと、今度は黒の皇太子から恨まれる。

親子の問題に巻きこまれないように、黒の皇帝を満足させつつ引き渡さなければならなかったのだ。

「黒の皇帝陛下が命を狙われて一時的に少人数で避難したけれど、途中で行き違いがあり、黒曜城にいる黒の皇太子殿下と連絡がとれなくなって、黒の皇太子殿下が黒の皇帝陛下を探していた。わたしが偶然にも避難中の黒の皇帝陛下とすれ違っていたため、捜索へ協力することになり、足取りを上手く摑むことができて白楼国で保護をした……という『あらすじ』になりそうです」

黒槐国側としては、そもそもこの黒の皇帝逃亡事件をなかったことにしたいだろう。

しかし、白楼国で保護されてしまった以上、黒槐国の権威をできるだけ落とさないような筋書きによって事態を収束させるしかなくなった。

そして黒の皇帝が満足できて、捜索していた黒の皇太子たちに恥をかかせないような……となってくると、色々不運だったけれどよかったですね、という話にするしかない。

「黒の皇帝陛下と黒の皇太子殿下、連名での感謝状を頂けるように交渉中です」

「それは楽しみだ」

一国の皇帝と皇太子に大きな恩を売れる機会なんて、そうそうない。

それを実現させた茉莉花は、禁色の小物をもつ文官への期待に、充分どころかそれ以上に応えた。

「──ですから、白楼国へ大きな恩返しをしなければならない黒槐国と戦争をしてしまうのは、とてももったいないです」

武器がないまま理想を語っても、その言葉に重みはない。

茉莉花は黒槐国に大きな恩を売ったという武器を使い、戦争を回避したいという意思表示をようやくできるようになった。

「その通りだ。売った恩がもったいない。みんな同じことを考えるはずだ」

戦争をしようと言っていた者たちも、恩を売りつける方が得になるとわかれば、外交政策を積極的に提案し始めるだろう。

「ここから先は私の仕事。あとは任せて」

「はい」

　あとはよろしく、と珀陽から言われるような文官になれる日がいつかくるのだろうか。茉莉花は、珀陽が皇帝のうちに一度でもいいから言われてみたくなった。

「帰ったら、正式に『よくやった』と祝うから準備しておいて」

「お祝い……ですか？」

「禁色を使った小物をもつ官吏に相応しい働きをしてくれたからね。そのことをしっかり評価しておきたい。君がさすがだねと言われれば言われるほど、私の評価も上がる」

「運がよかっただけですが……、そういう顔をしていたら駄目なんですよね」

　黒の皇帝の従者と宿ですれ違った。その手に見たことのある瑠璃天目があった。

　幸運から始まった事件なので、自分の実力として評価されることに戸惑いを感じてしまうけれど、胸を張らなくてはならない。この世界はそういうところだ。

「……これからもがんばります」

　一歩一歩、珀陽の傍へ行けるように経験を重ねていきたい。

　そんな想いで珀陽の金色の瞳を見つめれば、柔らかな笑顔を向けられた。

「それから仁耀さまのことですが……、報告書はどうしましょうか」

『黒槐国へ琵琶を学びに行く冬虎のつきそい』という表向きの仕事は、礼部の文官としての仕事なので、帰ったら礼部尚書に報告書を提出しなければならない。

仁耀は黒槐国にいると思われるけれど確証はないということにするのか、ありのままを書くのか、それとも逆にすべてをなかったことにするのかを、珀陽に訊いておく必要があった。

「仁耀はどこにもいなかった。そういうことにしよう。翔景には私から言っておく」

「はい」

茉莉花の報告書には、前半はなにごともなかったけれど、翔景が訪ねてきたことをきっかけにして黒の皇帝の捜索へ関わることになった……という、事実だけれどすべてではないものを記すことになりそうだ。

「……のちほど、陛下には仁耀さまについての詳細な報告をしますね」

仁耀と一時的な同盟を結んだ経緯や、こっそり大虎から離れて仁耀に誘拐犯の気持ちを教わったことについて、黙っているわけにはいかない。

(あまり聞きたい話ではないだろうけれど……)

紙で報告される方が、珀陽にとってありがたいかもしれない。しかし、文書で報告すると、うっかり誰かに見られる可能性がある。その辺りの機密事項のやりとりについて、帰ったら子星に教わろう。

「仁耀のことはそう気にしないで。茉莉花が間に入ってくれると私は助かるから」

いいのかな、という茉莉花の迷いが伝わったのか、珀陽が優しい言葉をかけてくれた。

「……わかりました」

ほっとしていると、珀陽が輝くような笑顔を見せてくる。なんだかそれに妙な圧力を感じてしまい、ときめくよりも先に嫌な意味でどきりとしてしまった。

「ええっと、陛下……？」

「うん？　どうかした？」

なんだか珀陽が楽しそうだ。どこかで失礼な受け答えをしてしまったのだろうかと不安になっていると、珀陽が笑いを噛み殺す。

「そんな顔をさせてごめんね。会話の流れに関係がなくて、茉莉花に叱られるようなことを、私が大事な話の最中に考えていただけだよ」

「はぁ……会話の流れに関係のないことですか」

よそごとに気をとられていたと暴露されても、茉莉花がしていた話はそこまで大事な話でもないので、怒ることはおそらくない。

「私がなにを考えていたのか気になる？」

「あまり気になりません」

話している最中に、お腹がすいたとか、明日の天気はどうなるんだろうとか、誰だって考えるときがある。それをいちいち言われて謝罪されても、そうですかと言うしかない。

「私は気にしてほしい。……考えておいて。答え合わせは夜にね」

珀陽がうきうきしているので、夜はこの遊びにつきあわなければならないのだろう。無難な答えを幾つか用意しておけば、最後は楽しそうに正解を言うはずだ。

（う～ん、食事のあとだったから、お腹がすいたはなさそうだし）

茉莉花は仕事の合間に、珀陽から出された宿題の答えを考えてみる。折角だからと大虎と会ったときにこの話題に触れ、勿論相手は珀陽ということは伏せて、大虎ならなにを考えるのかを尋ねてみた。

「……女の子の顔を見てじっと考えることなんて、一つしかないと思うけれど」

「そうなんですか？」

「あ、いや、翔景は別ね。あれは女の子が女の子に見えていない特殊な人間だから」

大虎はこほんと咳払いをし、逆に……と質問してきた。

「茉莉花さんは、たとえばそうだなぁ、陛下の顔を見てなにを思う？」

「えっと……皇帝陛下だと思います」

「それ以外で」

珀陽と話す機会が増えたので、流石に顔を見慣れてきた。最初のころの「うわっ」となる気持ちはかなり薄まっている。

珀陽と初めて顔を合わせたころはたしか……。

「――綺麗な方だな、と」

大虎は大きく頷いた。

「それと同じだよ」

同じということは、珀陽は茉莉花の顔を見て綺麗だと……。

(……なるほど)

茉莉花は、動揺しながらもゆっくりと息を吐いた。落ち着かなければならない。

「そうですか……」

「気をつけてね。それ、女の子を口説くときのやり方だから」

「……そうなんですね」

たしかに茉莉花が怒りそうな内容で、たしかに気をつけなければならないことだ。

珀陽が夜に答え合わせをしようと言ったのは、前に公私の区別をつけてほしいと頼んだことを覚えていて、律儀にその通りにしてくれたからだろう。

(どこまでが本気で、どこからわかってやっているのかしら)

珀陽にとっては、茉莉花が夜までこの答えを考えることも楽しみの一つだ。

相手は恋愛に関しても天賦の才をもっているからしかたない……と諦めのため息をついてしまった。

大虎には、珀陽から与えられた『冬虎皇子として黒槐国に行って琵琶を習う』という仕事がまだ残っている。

黒の皇帝を追って白楼国に戻ってきても、結局は荷物を取りにまた黒曜城まで行かなければならない。

そして、荷物を取ったら終わりになるわけでもなかった。黒の皇帝を保護したことへの感謝の気持ちを皇子として受け取って、煌びやかな宴の主役を務める必要がある。

「あともう少し頼んだよ。あ、茉莉花の荷物もよろしく」

やっかいごとを押しつけてきた張本人である珀陽は、大虎の部屋にきて「仁耀は見なかったことに」だとか「茉莉花は先に連れて帰るから」とか、大虎を労ることよりも先に用件をぽんぽん投げつけてきた。

本当に自分勝手な人だと呆れてしまう。

（茉莉花さんに対しても、仕事中になにやっているんだか。都合の悪い話になりかけたのを、顔でごまかそうとしたってところかな）

それが許されてしまうのは、やはり顔がいいからなのかもしれない。この世界は理不尽だらけだ。

「陛下ってさぁ、茉莉花さんの前ではいい子ぶるよね」

「好きな子の前でいい子ぶらない男がいると思う？」

「……思わない」

珀陽は茉莉花のことをしれっと『好きな子』だと言った。基本的になにを考えているのかを隠す人だけれど、それでもわざわざ好きな人が誰なのかをはっきりさせたということは、大虎を牽制したかったからだろう。

（うっわ。弟にそんなことをする～？）

しかし、大虎は珀陽に逆らえないので、不満を表情で表して終わりにする。

「仁耀と話したときに茉莉花さんもいてよかったね」

大虎は、仁耀をおびき出す作戦のとき、茉莉花と一緒に待機していた。

仁耀が茉莉花の計画通りに現れて、そして計画通りに庭へ逃げようとして捕まったあと、仁耀と珀陽が話し始めた。大虎は、珀陽や茉莉花になにかあったら大変なので、待機していた部屋に残り、珀陽たちの会話をずっと聞いていたのだ。

「茉莉花さんがいなかったら、仁耀と会話にならなかったんじゃない？」

「だろうね」

きっと茉莉花は、自分は部外者で、あの場に同席すべきではなかったと思っている。それでも珀陽と仁耀を二人きりにしなかったのは、大虎と同じようになにかあってはいけないと思ったからだろう。

（茉莉花さんがいたから、兄上は茉莉花さんのために『穏やかで叔父想いの皇帝』でいることができた。仁耀も茉莉花さんのために『理想の元将軍』でいることができた）

茉莉花がいなかったら、二人の会話は胃が痛くなるだけの探り合いになり……いや、探り合いもできたかどうか怪しい。

「茉莉花のおかげで、十年後にしかできないはずの会話が昨日できた。感謝しているよ」

「そう？　僕は十年後もできなかったと思うな」

珀陽の矜持は高い。仁耀の矜持も高い。

互いにそれが邪魔をして本音で語り合うのは一生無理かもしれないと、大虎はずっと心配していた。

（茉莉花さんはやっかいな人に好かれるよね。でも茉莉花さんがいれば、陛下の性格が少しだけでもよくなるかもしれないし）

大虎は「あとは頼んだ」と、茉莉花へ珀陽を押しつけることにした。

黒の皇帝を白楼国内で保護するという大事件に関わった茉莉花は、色々な後始末をしなければならないので、黒の皇帝が帰ったあと、白楼国の首都にすぐ戻った。

茉莉花はまず翔景と話し合い、互いの報告書に矛盾が生まれないようにする。上手くつじつまを合わせてから、礼部尚書に報告書を提出しに行った。

「そうそう、子星くんの自宅待機が終わることになったよ。これから会ってくるといい」

「ありがとうございます。早速行ってきます」

茉莉花は、今日はもう帰ってもいいと言ってくれた礼部尚書に礼を述べる。

結局、仁耀の脱獄を手伝った人はわからないで終わった。この辺りの話は政の勢力図も関わってくるので、茉莉花はもう関われない。

(今は子星さんを労ろう)

どこかで菓子を買って手土産に……と考えていると、うしろから呼ばれた。

「ねぇ、子星さまのところに行くなら、これをもっていってくれる？」

同期の友人である春雪が、小さな包みを差し出してくる。

茉莉花はそれを受け取り、首をかしげた。

「これは？」

「子星さまが好きなお菓子。明日復帰するって聞いたんだ。復帰したらみんなでお祝いするだろうし、そのときに渡すと埋もれるから、今のうちに渡して点数を稼いでおくんだよ」


　本音を気持ちいいほど明らかにした春雪に、茉莉花は笑ってしまった。

　そうはいっても、春雪は本当に子星を心配していたはずだ。素直にそれが言えないだけである。

「……それより、あんたはまたやっかいな話に関わって手柄を立てたって？」

「今回は本当に運がよかっただけよ」

　——皓茉莉花が、身の危険を感じて逃げていた黒の皇帝を保護した。黒槐国から正式な御礼状が皓茉莉花宛にも届いている。

　そんな話を聞いた春雪は、感心するよりも先に、うわぁ……と呆れた。

「禁色を使った小物をもつ若手文官だから活躍を期待されていたし、それに見事応えたのはいいことなんだろうけれど」

　春雪は囁くような声で忠告してくる。

「嫉妬と怒りには気をつけなよ。……最近のあんたは、明らかにやりすぎ」

　赤奏国の皇后から引き抜きの話があったのに断った。

　シル・キタン国による白楼国侵攻計画に気づき、白楼国を勝利に導いた。

　叉羅国との同盟を提案し、見事に成立させた。

　そして……今回の黒の皇帝の保護の一件もある。黒槐国に大きな恩を売ったということの功績は、もう一度禁色の小物をもらってもいいぐらいの話だ。

「……うん。気をつけるし、覚悟もしているから」

茉莉花の返事に、春雪は眼(め)を見開く。茉莉花の中のなにかが変わった気がした。それも珍しくいい方向の変化だ。

「あっそ。僕を巻きこまないようにしてね」

じゃあね、と春雪が立ち去ろうとしたので、茉莉花は慌(あわ)てて引き止める。

「春雪くん！　太学(たいがく)で貴方(あなた)に教わったことが黒槐国で役に立ったわ。本当にありがとう」

「なんか教えたっけ？　覚えがない」

茉莉花は色々あったと笑顔で説明した。

「泣き落としの方法を教えてくれたでしょう？　あのときは大切なものを失った気がしたけれど、そのおかげで守れたものもあって……」

感謝の気持ちを春雪に伝えると、なぜか春雪がにらんでくる。

「は？　僕に喧嘩(けんか)を売ってるわけ？」

どうして春雪にそんな受け止められ方をしたのか、茉莉花はさっぱりわからなかった。

再び首をかしげると、舌打ちした春雪が立ち去ろうとする。

「待って！　ちょうどいいから、春雪くんに手紙を読んでほしいんだけれど……！」

再び引き止められた春雪は、不機嫌だという顔を茉莉花に向けた。

「あんたの手紙なんてほしくない」

「違うわ。春雪くん宛の手紙ではなくて、陛下宛の手紙を読んでほしいの。それで読んだ感想を……」

「もっと嫌だよ！」

「なんで!?」

春雪は、珀陽と茉莉花の個人的な関係に巻きこまれたくない。珀陽に嫉妬されたら、文官を辞めるどころの話ではなくなる。

「陛下へのお礼状に失礼がないかをどうしても確認してほしいの！　お願い！」

茉莉花が必死に頼みこめば、春雪がため息をついた。

「それって子星さまに頼んだ方がいいんじゃないの？　僕は誤字脱字しか見ないからね」

個人的な手紙ではなく、仕事の手紙だということがわかり、春雪は仕方なく茉莉花から手紙を受け取った。

読んでみると、礼状の手本のような文章が延々と書かれている。

「……あんたのお礼状って本当につまらないよね。あくびが出そう」

「本当!?　陛下に馴れ馴れしくない？」

「どこをどう読んだらあんたからの親しさを感じ取れるわけ？　禁色の小物をもつ官吏なんだし、もっと馴れ馴れしくしてもいいと思うけれど」

茉莉花は、春雪の手から戻ってきた手紙をそっと胸に抱いた。

「ううん、これでいいの。陛下はわかってくださるから」

「陛下にそんな無茶を押しつけるのはあんたぐらいだよ……」

ある意味かなり馴れ馴れしいのかもしれない、と春雪は茉莉花に呆れた。


茉莉花は春雪の菓子をもって、子星の家へ向かう。

折角だから子星と街づくりの話をしたいなと思っていると、子星の家のすぐ近くで男の人がうずくまっていた。

「翔景さん⁉」

翔景は御史台の仕事でよく城下を歩いているらしい。仕事の最中に気分が悪くなったのだろう。慌てて駆けよると、翔景が顔を上げた。

「大丈夫ですか？　人を呼びましょうか？」

茉莉花の言葉に、翔景は首を横に振る。

「そのうち落ち着きます。問題ありません」

「仕事の最中ですよね。手伝えることはありますか？」

翔景はゆっくり立ち上がり、深呼吸をした。

「子星さんに例の調査の結果を報告してきたところです。あとは帰るだけですから」

それでも月長城まで送った方がいいだろう。元々あまり健康的に見える人ではないし……と心配していると、翔景がくちを開く。

「子星さんに会いに行ったら、玄関での立ち話もなんだと、部屋に通されたんです」

「はい」

「そこには子星さんの詩歌がちらばっていて……」

「はい」

「ここにあるものすべてが子星さんの手によって書かれた詩歌だと思うと、動悸と息切れとめまいが……」

子星のことを過剰に尊敬している翔景が、どうしてこのようになったのかをわかりやすく説明してくれた。茉莉花はほっとする。

「本当に大丈夫そうですね……」

翔景に、子星の私物を勝手にもち出したのかどうかを尋ねるべきだろうか。しかし、返事が怖いのでやめておいた。

「それでは失礼します」

翔景はこのままにしても問題なさそうなので、茉莉花は簡単な挨拶をして別れ、そのまま子星の家に入った。

「お久しぶりです、茉莉花さん」

子星は自宅待機という軟禁状態だったけれど、いつもより生き生きしている。普段はとても忙しい人なので、少し休めたのはちょうどよかったのかもしれない。

「お元気そうでよかったです。これは春雪くんからのお土産です。あ、お茶を入れますね」

茉莉花は太学の学生のときに子星の家へよく通っていたので、慣れた手つきで二人分の茶を入れた。そして春雪の菓子を広げ、近況を報告し合う。

「私はこの休暇中、趣味を存分に楽しみました。茉莉花さんはどうでしたか？　天河から、黒槐国に行ったという話を聞きましたよ」

「はい。実は黒槐国で色々ありまして……」

宿で瑠璃天目を偶然見てしまい、そして最終的には黒の皇帝を白楼国内で保護したという話をする。

子星は茶を飲みながら、穏やかな表情でうんうんと聞いてくれた。

「最後までお見事でしたね。……いやぁ、茉莉花さんの活躍は本当に素晴らしいことで、私としては嬉しい話なんですけれど、これはちょっと調整が入りそうです」

「調整……？」

なにを調整するのかわからなくて、茉莉花は戸惑いの声を上げてしまう。

「わかりやすく言うと、『出る杭は打たれる』ですよ」

先ほど、春雪にも似たようなことを言われた。しかし、子星が言うと、その言葉の重みが一気に増す。

「次は大きな仕事を与えられるはずです。それも、絶対に失敗するものを」

茉莉花は、政の世界における暗黙の了解というものに詳しくない。

誰だってそういう仕事を与えられるときもあるのか、それとも自分が上手く立ち回れば回避できたのか、判断できなかった。

「嫉妬はやっかいです。『正しい』では防げませんから」

むしろその『正しい』が嫉妬をさらに煽ることもあると、茉莉花は知っている。

「嫉妬を振り払う方法は幾つかあります。わかりますか？」

子星の問いかけに、迷いつつも答えた。

「……手の届かないところに行くことです」

「いい答えです。人は、空高く飛ぶ鳥につい手を伸ばすことはあっても、その手で捕まえようと本気で思うことはありません」

明らかな差があれば、潔く諦めることもできる。それは残酷で優しい方法だ。

「茉莉花さん、次の課題です」

子星の穏やかな瞳の奥に、その過去が見えた。

「――絶対に失敗する大きな仕事を成功させましょう」

この人は、百年に一度の天才と呼ばれている。頭の中で仮想の国をつくって人を動かし、物事を上からも横からも見ることができる異才（いさい）のもち主だ。

きっと子星は、絶対に失敗する大きな仕事を与えられたのに、成功させたことがある。

（月長城の誰もが『芳子星には絶対に敵（かな）わない』と思っている。なぜなら、もう嫉妬することを諦めてしまったあとだから）

空（こちら）においで、と優しい瞳が言っていた。

終

あとがき

こんにちは、石田リンネです。

この度は『茉莉花官吏伝 十　中原の鹿を逐わず』を手に取っていただき、本当にありがとうございます。

茉莉花官吏伝シリーズもついに十巻です。応援してくださった読者の皆様のおかげでここまでくることができました。『十』という数字を見るたびに、感謝の気持ちで胸がいっぱいになります。いつも本当にありがとうございます。

茉莉花官吏伝には、もし続いたら書きたいというエピソードがいくつかあって、そのうちの一つは、今回の珀陽の気持ちに一区切りがつく話です。

そして、次もまた書けたらいいなと思っていた子星と茉莉花の話です。次の巻も全力を尽くしますので、よろしくお願いします。

コミカライズに関するお知らせです。

秋田書店様の『月刊プリンセス』にて連載中の高瀬わか先生によるコミカライズ版『茉莉花官吏伝 ～後宮女官、気まぐれ皇帝に見初められ～』の第一巻～三巻と、青井みと先生によるコミカライズ版『十三歳の誕生日、皇后になりました。』の第一巻が、絶賛発売中です！　小説と共に素敵なコミカライズ版もよろしくお願いします。

この作品を刊行するにあたってお世話になった方々にお礼を申し上げます。

ご指導くださった担当様、いつも優しいメッセージに素敵すぎるイラストを描いてくださるIzumi先生（北国衣装な茉莉花と珀陽に大興奮しています！）、当作品に関わってくださった多くの皆様、手紙やメール、ツイッター等にて暖かい言葉をくださった方々、いつも本当にありがとうございます。これからもよろしくお願いします。

最後に、この本を読んでくださった皆様へ。

読み終えた時に少しでも面白かったと思えるような物語であることを祈っております。

また次の巻でお会いできたら嬉しいです。

石田リンネ

■ご意見、ご感想をお寄せください。
《ファンレターの宛先》
〒102-8177 東京都千代田区富士見 2-13-3
株式会社KADOKAWA ビーズログ文庫編集部
石田リンネ 先生・Izumi 先生

●お問い合わせ
https://www.kadokawa.co.jp/ (「お問い合わせ」へお進みください)
※内容によっては、お答えできない場合があります。
※サポートは日本国内のみとさせていただきます。
※Japanese text only

茉莉花官吏伝 十

中原の鹿を逐わず

石田リンネ

2021年5月15日 初版発行

発行者　青柳昌行
発行　株式会社 KADOKAWA
〒102-8177 東京都千代田区富士見 2-13-3
(ナビダイヤル) 0570-002-301
デザイン　島田絵里子
印刷所　凸版印刷株式会社
製本所　凸版印刷株式会社

ISBN978-4-04-736574-2 C0193

定価はカバーに表示してあります。

◇◇◇